Antje Zimmermann

Frau Faust – Der letzte Kampf

ANTJE ZIMMERMANN

FRAU FAUST

DER LETZTE KAMPF

PIPER

Mehr über unsere Autorinnen, Autoren und Bücher:
www.piper.de

Wenn Ihnen dieser Krimi gefallen hat, schreiben Sie uns unter Nennung des Titels »Frau Faust – Der letzte Kampf« an *empfehlungen@piper.de*, und wir empfehlen Ihnen gerne vergleichbare Bücher.

Von Antje Zimmermann liegen im Piper Verlag vor:
Frau Faust
Frau Faust – Der letzte Kampf

Unser Versprechen für mehr Nachhaltigkeit
• Klimaneutrales Produkt
• FSC®-zertifiziertes Papier
• Hergestellt in Europa

FSC www.fsc.org MIX Papier | Fördert gute Waldnutzung FSC® C083411

ISBN 978-3-492-06410-1

Redaktion: Joscha Faralisch
Satz: Eberl & Koesel Studio, Kempten
Gesetzt aus der FreightText
Druck und Bindung: CPI Books GmbH, Leck
Printed in the EU

In all the good times, I find myself longin' for change
And in the bad times, I fear myself
(Shallow/Lady Gaga)

Vorwort

Die Idee zu diesem Buch ist unmittelbar nach der Fertigstellung des ersten Bandes im Frühjahr 2020 entstanden. Lange vor dem völkerrechtswidrigen russischen Angriffskrieg, der offiziell am 24. Februar 2022 begann. Daher, und weil der Roman im Jahr 2018 spielt, wird der Krieg nicht erwähnt, obwohl Personen aus der deutsch-russischen Community auftauchen. Meine Überlegungen gehen von einer diversen russischstämmigen Gesellschaft aus, die Lichtgestalten, Mitläufer und Monster hervorbringt, so wie jede andere Gesellschaft auch.

Ich möchte aber keinen Zweifel an meiner Überzeugung lassen: Meine ganze Solidarität gilt der angegriffenen Ukraine und den Menschen, die für Freiheit, Souveränität und Demokratie kämpfen.

Stand with Ukraine!

Prolog

Sie glitzerten in der Sonne wie Diamanten: blutrot, smaragdgrün und ozeanblau. Der Junge war schon Dutzende Male in der Ussuribucht gewesen und wusste natürlich, dass es nur Glas war, das er funkeln sah. Jahrzehntelang hatte die Glasfabrik von Wladiwostok ihre Abfälle achtlos in die Bucht geworfen: Bier- und Wodkaflaschen, die zersplitterten und den Strand unbegehbar machten. Doch dann bewirkte Gott ein Wunder: Winde und Wellen schliffen die Scherben zu Abertausenden Edelsteinen. Wenn der Junge sie anfasste, lagen sie weich und makellos in seiner Hand. Gerne hätte er auch jetzt ein besonders schönes Exemplar, einen handtellergroßen bernsteinfarbenen Stein berührt. Doch er musste vorsichtig sein. Von seinem Platz im Ufergestrüpp konnte er das schönste von Gottes Wundern am Strand ungestört beobachten: Ihre langen, honigblonden Haare wehten im Wind. Mit einer Hand strich sie eine Strähne zurück, die zwischen ihre Haut und die wärmende Sonne geraten war. Sie hatte die Augen geschlossen und genoss den ersten Sommertag. Der Junge war glücklich, sie zu betrachten, und wollte nichts mehr als das. Als er fühlte, dass sich sein Geschlecht aufrichtete, presste er mit aller Macht dagegen. Doch statt zu schrumpfen, schwoll es weiter an und drückte schmerzhaft gegen den Stoff seiner Jeanshose. Der Junge schämte sich und bat Gott um Vergebung. Er wollte doch nicht sündigen. Sondern nur seine Schöpfung bewundern. Das Mädchen hatte mittlerweile ihre Kleidung abgestreift und stand in einem eng anliegenden Badeanzug auf den glänzenden Kieseln. Plötzlich zuckte sie zusammen, und ein roter Fleck erschien auf ihrer Wange. Von dort breitete er sich als feines Rinnsal über ihren Hals und die Brust aus.

Was geschah da? Der Junge wurde panisch. Und erst als das zweite Geschoss den zarten weißen Mädchenkörper traf, verstand er.

Schreiend, mit Steinen in den geballten Händen, lief eine Gruppe Halbstarker über den Strand auf das Mädchen zu. Sie blickte sich verzweifelt um, wusste aber offenbar nicht, wohin sie fliehen sollte. Der Junge sprang auf, sah einen massiven Ast, umschloss ihn mit aller Kraft und rannte los. Seine Füße berührten kaum den Boden. Der Ast hatte kein Gewicht; und das Gebrüll, mit dem er sich in die Schlacht stürzte, nichts Menschliches. Er würde sein Leben geben, um ihres zu retten. Vor dem großen Ast, den er wild über seinem Kopf schwang, wichen die Angreifer, drei Jungen und zwei Mädchen, erschreckt zurück. Ängstlich suchten ihre Augen die Umgebung ab. Offenbar rechneten sie mit weiteren Gegnern. Doch da war niemand. Nur der schmale Junge, der wie ein Berserker schrie und um sich schlug. Die Gruppe formierte sich neu, umzingelte ihn und kam immer näher. Der Junge merkte, wie seine Schläge ins Leere gingen und seine Arme erlahmten. Lange würde er den schweren Ast nicht mehr halten können. Auch seine Stimme versagte. Aus seiner Kehle kam nur noch ein heiseres Krächzen. Tränen traten ihm in die Augen und verwässerten seine Sicht. Darum überraschte ihn der Schrei umso mehr: ein Schmerzensschrei, aus Qualen geboren, dem eine noch erschreckendere Stille folgte. Der Junge ließ den Ast sinken, rieb sich mit der Hand über die Augen, und dann sah er sie: das schöne Mädchen, über und über mit Blut beschmiert. In ihrer weißen Hand glitzerte ein spitzer Glasstein, den sie durch das Auge eines Angreifers in dessen Hirn getrieben hatte.

Deutschland im Spätsommer 2018

Kapitel 1

So lesen sich also Todesurteile, dachte Kata.

»Die im Blut gefundene Konzentration von Neurofilament-L (NF-L) lässt den Schluss massiver Schädigungen der Hirnzellen zu. Angesichts der Vorgeschichte der Patientin muss von einer chronisch-traumatischen Enzephalopathie (CTE) ausgegangen werden.«

Warum bin ich überrascht? Habe ich tatsächlich geglaubt, dass alles nur Einbildung ist? Ich einfach zu viel saufe, zu wenig schlafe und der letzte Tripper mir ins Hirn gewandert ist? Erst als zwei weiche Hände ihre harte Faust umklammerten, wurde Kata bewusst, dass sie sich selbst gegen den Kopf schlug.

»Bitte hören Sie auf, Frau Sismann«, sagte die Frau.

»Wir mussten doch mit dieser Diagnose rechnen. Darum hat Dr. Kreutzer Sie zu uns überwiesen. Dass wir heute die Konzentration von Neurofilament in ihrem Blut nachweisen können, ist ein medizinischer Meilenstein.«

Dr. Anita Kleinfinger zog mit dem Fuß einen der kleinen grau gepolsterten Hocker heran, die aufgereiht an der weißen Wand des Untersuchungsraumes standen, und setzte sich Kata gegenüber. Nur zögerlich ließ sie ihre Faust los. Offenbar fürchtete sie, dass Kata erneut zuschlagen könnte.

»Sie müssen sich Neurofilamente wie das Skelett von Nervenzellen vorstellen. Sterben die Zellen aufgrund einer neurologischen Erkrankung ab, werden die Neurofilamente freigesetzt und wir können sie jetzt im Blut nachweisen. Früher war das nur durch eine risikoreiche Punktion des Hirnwassers möglich.«

Die Neurologin kam in Schwung und lobte die langjährige internationale Forschungsarbeit, die zur Entwicklung des SIMOa-Analyzers geführt hatte. Kata hatte längst aufgehört, ihr zuzuhören. Sie dachte an die vielen Kämpfe, die sie bestritten hatte. Meistens war sie siegreich gewesen. Selten hatte sie eine Niederlage einstecken müssen, und, soweit sie sich erinnern konnte, kaum jemals einen nennenswerten Kopftreffer – bis zu ihrem letzten Kampf. Was sie damals den Titel und das Bewusstsein gekostet hatte, besiegelte jetzt ihren Tod. Einen langsamen und grausamen Tod, der sie erst all ihrer Talente, dann ihrer elementarsten Fähigkeiten berauben würde. Wie die meisten Boxer hatte sie immer um die Gefahren von CTE, dem faustkämpferischen Syndrom, gewusst. Und wie alle anderen hatte sie es ausgeblendet. Denn wer mit Angst in den Ring steigt, hat bereits verloren.

Kata spürte, wie etwas Dunkles in ihr aufging und sie immer tiefer zog. Es würde dieses Mal kein Zurück mehr geben. Wenn sie nicht miterleben wollte, wie sich ihre Persönlichkeit auflöste, sie immer depressiver, aggressiver und letztlich pflegebedürftig wurde, musste sie handeln. Am besten rasch.

Sie stöhnte auf. Und die Ärztin unterbrach ihren Redefluss.

»Haben Sie mir überhaupt zugehört?«, fragte sie.

»Nein«, bekannte Kata.

»Das sollten Sie aber. Denn da wir jetzt eine sichere Diagnose haben, können wir mit der Therapie beginnen.«

»Therapie?« Kata lachte auf. »Sie machen Witze.«

»Natürlich haben wir bis jetzt kein Heilmittel gegen CTE gefunden«, räumte Dr. Kleinfinger ein, »aber es gibt vieles, was wir tun können, um den Krankheitsverlauf zu beeinflussen.«

»Ich höre«, sagte Kata und meinte es so.

»Sie müssen jetzt akribisch auf Ihren Schlaf achten. Wenn wir schlafen, werden Tau-Proteine durch das nachtaktive Abfluss-System des Gehirns abgebaut. Bei CTE, genau wie bei Alzheimer, sind Ablagerungen von Tau-Proteinen typisch. Ausreichender Schlaf ist also ein wichtiger Bestandteil Ihrer Therapie, genauso wie körperliches Training, das die Durchblutung des Gehirns fördert. Wenn ich mir Sie so ansehe, dürfte das nicht das Problem sein, oder?«

Die Ärztin machte eine Pause und wartete offenbar darauf, dass Kata reagierte.

»Nein, das ist kein Problem.«

»Dann sollten Sie schnellstmöglich mit einer Verhaltenstherapie beginnen, um depressive Verstimmungen besser einordnen zu können und den Verlust kognitiver Fähigkeiten erträglicher zu machen.«

»Und das ist es dann?« fragte Kata.

»Im Großen und Ganzen schon«, antwortete Dr. Kleinfinger zögerlich.

Kata begann zu lachen. Erst leise in sich hinein. Dann lachte sie lauthals, als ob sie einen besonders guten Witz gehört hätte. Schließlich stand sie auf, klopfte Dr. Kleinfinger auf die Schulter und ging zur Tür. Sie war bereits auf dem Gang, als sie die Ärztin hinter sich hörte.

»Frau Sismann, warten Sie.«

Ohne sich umzudrehen, fragte Kata: »Warum?«

»Weil es da vielleicht doch noch etwas gibt.« Die Ärztin sprach leise und versicherte sich, dass niemand in Hörweite war.

Kata wandte sich ihr zu. Beugte sich zu der kleineren Frau herab, um jedes Wort aufzunehmen.

»Ich habe Ihnen ja erzählt, dass die neue Untersuchungsmethode in internationaler Zusammenarbeit entstanden ist. Unsere Bostoner Partner waren dabei federführend. Dort ist auch ein privates Gesundheitscenter angesiedelt, das eine Therapie anbietet«, erklärte sie.

»Was für eine Therapie?«, hakte Kata nach.

»Die arbeiten auch mit den genannten Bausteinen. Darüber hinaus setzen sie Stammzellen ein. Das ist bei CTE aber ein experimentelles Verfahren. Es gibt noch keine Studien, die eine Wirksamkeit belegen würden. Andererseits werden Stammzelltherapien, das wissen Sie sicherlich, bei Leukämie, bei Tumoren und auch bei frühkindlichen Hirnschädigungen erfolgreich eingesetzt. Es spricht also vieles dafür ...«

»Aber?«

»Natürlich übernimmt das Bostoner Institut keine Garantie und keine deutsche Krankenkasse die Kosten.«

»Damit hatte ich auch nicht gerechnet«, sagte Kata. »Von welcher Summe sprechen wir? Was würde mich der Versuch kosten?«

»Ich weiß es nicht genau. Ich stehe mit den Bostoner Kollegen zwar im regelmäßigen Austausch. Über Geld haben wir aber nie im Detail gesprochen, weil das nichts mit unserer Klinik zu tun hat. Ich könnte lediglich schätzen.«

»Dann tun Sie das!«

»Mit hunderttausend Euro sollten Sie schon rechnen, für den Anfang«, sagte die Ärztin.

Kata verspürte wieder den Wunsch zu lachen. Stattdessen nickte sie kurz und ging den langen Gang des Dresdener Uni-Klinikums hinunter. Wieder roch es nach dem penetranten Putzmittel, das ihr schon beim Betreten der Station aufgefallen war. Der Gestank verursachte ihr Übelkeit. Und zusammen mit der Übelkeit fühlte Kata, wie Wut in ihr aufstieg. Sie wollte zuschlagen. Schnell und hart. Kein unbekanntes Gefühl für sie, doch in dieser Intensität hatte sie es außerhalb des Rings selten verspürt. Vermutlich der angekündigte Kontrollverlust, den sie im Rahmen einer Verhaltenstherapie lernen sollte »einzuordnen«. Kata trat gegen die lächerlich weiße Wand und hatte im gleichen Moment einen Gedanken. Sie konnte ihn nur nicht festhalten. Es hing mit den hunderttausend Euro zusammen, die Dr. Kleinfinger »für den Anfang« veranschlagt hatte. Von ihrem Gehalt als Kommissarin konnte sie in Köln ihre horrende Miete, die laufenden Kosten und ihr exzessives *Nightlife* bezahlen – aber das war es dann auch. Davon Rücklagen zu bilden war utopisch. Und was ihre Eltern ihr hinterlassen hatten, war längst aufgebraucht. Ihre Eltern. Die womöglich gar nicht ihre Eltern waren. Amalia Moor, die behauptete, ihre biologische Mutter zu sein. Ihr Streit, der Kampf und Amalias Tod. Daran erinnerte sie sich. Und vorher? Was war vorher gewesen? Kata presste ihren Kopf gegen die weiße Klinikwand. Zwei Krankenschwestern gingen kopfschüttelnd an ihr vorüber. Kata fuhr sich mit der Hand über die Stirn, strich das dunkle, glänzende Haar zur Seite und spürte die Abdrücke, die die raue Wand auf ihrer hellen Haut hinterlassen hatte. Sie wollte einen Drink. Einen in Eichenfässern gereiften Springbank Whisky, wie Amalia Moor ihn ihr damals angeboten hatte, als sie ihr noch etwas anderes offeriert hatte: Geld. Das Erbe, das ihr, der leiblichen Tochter, zustand. Das war es. Damals hatte Kata die Vorstellung entrüstet zurückgewiesen, von der zweifachen Mörderin Amalia Moor auch nur einen Cent anzunehmen, aber das war damals gewesen. Jetzt würde sie alles nehmen, was die frühere Stasi-Agentin gemeinsam mit dem ehelich verbundenen Waffenexporteur an Vermögen angehäuft hatte. Für die Moors mussten hunderttausend Euro ein Witz sein. Kata fühlte Hoffnung in sich aufsteigen. Sie rannte zur Universitätsklinik hinaus und zum Hauptbahnhof. Durchblutungsfördernder Sport – Dr. Kleinfinger würde sie sicherlich loben. Für einen Moment fühlte sie sich besser. Sie würde kämpfen. Und trotz aller Widrigkeiten siegen. Irgendwie. Dass sie das konnte, hatte sie Hunderte Male unter Beweis gestellt: im Ring und im Präsidium. Dann wurde ihr Blick von etwas Grauem angezogen, das unmittelbar vor ihr auf dem Gehweg lag. Erst in letzter Sekunde realisierte sie, was es war. Sie sprang zur Seite. Und vermied so, auf die tote Ratte zu treten. Der Magen des Tieres war aufgeplatzt, Gedärme hingen heraus. Einen Moment war Kata unfähig, sich zu bewegen. Sie blickte den Kadaver an. War er ein Omen? Kata fröstelte. Sie wollte nicht sterben. Nicht so. Indem sie sich langsam auflöste. Und nur noch wütend, traurig und ängstlich war. Die alte Kata hätte die tote Ratte aus dem Weg gekickt. Die kranke Kata fühlte, wie Tränen in ihr aufstiegen.

Kapitel 2

Kilian Neumann, Katas langjähriger Partner bei der Kölner Polizei, blickte sich in ihrem gemeinsamen Büro um. Kata war nicht mehr im Präsidium gewesen, seitdem die internen Untersuchungen gegen sie liefen. Dass Kata »vergessen« hatte zu erwähnen, dass sie Amalia Moor und deren ermordete Tochter Clarissa seit Kindertagen kannte, ließ die gesamten Ermittlungen in einem fragwürdigen Licht erscheinen und hatte Dirk Derisoire, dem Leiter der Mordkommission, den perfekten Vorwand geliefert: Er suspendierte Kata, deren unberechenbares Verhalten ihm schon lange ein Dorn im Auge war, und seither hatte Kilian nichts mehr von ihr gehört. Auf seine Anrufe und Nachrichten reagierte sie nicht. Auch schien sie nicht zu Hause zu sein. Kilian hatte mehrere Stunden vor ihrer Haustür in einem unbequemen Dienstwagen verbracht. Kata. Wenn sie anwesend war, wünschte er sie sich weit weg. Wenn sie weg war, fehlte sie ihm. Das ging jetzt schon seit Jahren so. Erst hatte er gedacht, dass Ehe und Familienleben das Gefühlschaos in ihm ordnen, sein Leben in geregelte Bahnen lenken würde.

Meistens funktionierte das auch. Die drei gemeinsamen Kinder, die schönen Momente mit Biggi, die Ferien mit anderen Familien lenkten ihn ab und machten ihn gelegentlich sogar glücklich. Doch dann sah er Kata wieder. Wie sie jeden Kerl, der ihr dumm kam, mit einem Wort oder notfalls mit einem Schlag, in seine Schranken wies. Wie sie laut lachte. Tanzte, bis die Lichter angingen und betrunken beim Nachhausetorkeln den Arm um ihn legte.

Kilian war so in seine Gedanken versunken, dass er nicht hörte, wie sich die Bürotür öffnete und jemand den Raum betrat. Erst als ein Schatten auf ihn fiel, schaute er auf und blickte ihn das Gesicht einer vielleicht dreißigjährigen Frau. Ihre braunen kinnlangen Haare wirkten frisch geföhnt, die weiße Bluse unter dem blauen Jackett war adrett gebügelt und nur einen Knopf weit geöffnet. Sie streckte eine Hand mit sorgfältig manikürten Fingern aus. Lustlos ergriff er sie.

»Ich habe mich schon sehr auf die Zusammenarbeit gefreut, KK Lisa Altmeier«, sagte die Frau.

»Ganz meinerseits«, hörte Kilian sich murmeln.

Der Neuzugang in der Abteilung, der Kata ersetzen sollte, war ihm von Derisoire angekündigt worden. Aber Kilian hatte gehofft, dass er bis zu ihrem Eindringen in ihre gemeinsame Welt noch ein wenig mehr Zeit gehabt hätte. Nicht dass das viel geändert hätte.

»Das ist also mein Schreibtisch«, sagte Lisa Altmeier mit Blick auf Katas Arbeitsplatz.

Das ist *Katas* Schreibtisch, wollte Kilian sie korrigieren. Unterließ es dann aber. Auch ohne direkte Konfrontation würden die nächsten Wochen anstrengend werden.

»Sie muss früher ja mal wirklich gut gewesen sein. Nach allem, was man so hört.«

»Hmm. Hm«, machte Kilian.

»Ihre Extratouren wurden deshalb wohl so lange toleriert. Aber dass sie jetzt Tatverdächtige lyncht, ist doch ein bisschen *too much*, oder?«, fragte die Blondine.

»Wo haben Sie den Quatsch her?«, herrschte er die Frau an.

So viel zu meinem Vorsatz, es mit dem Neuzugang ruhig angehen zu lassen, dachte Kilian. Dass er für Katas verlorene Ehre würde kämpfen müssen, war ihm klar gewesen. Doch er hatte gedacht, dass die Attacken von der Männerriege im Kommissariat kommen würden, und nicht von einer Frau, die er erst vor fünf Minuten kennengelernt hatte. Mit Genugtuung sah Kilian, dass die Neue zusammenzuckte.

»Oh, okay. Ja. Sie haben recht. Man soll auf Flurfunk nicht viel geben und lieber die Ergebnisse der offiziellen Untersuchung abwarten.«

»Ja.«

Kilian wandte sich demonstrativ seinem Bildschirm zu und beschloss, Lisa Altmeier die nächsten Stunden zu ignorieren. Offenbar respektierte sie das und beschränkte sich darauf, Katas Sachen in einen Karton zu räumen und ihren eigenen Kram auf dem Schreibtisch auszubreiten: Stifte, Notizbücher und ein kleiner brauner Holzrahmen, in dem wohl ein Foto steckte, das Kilian aber nicht sehen konnte. Offenbar rechnete sie damit, länger auf Katas Platz zu sitzen. Kilian stöhnte, was ihm einen vorsichtigen Blick von Lisa Altmeier eintrug. Nach einiger Zeit wurde das

Schweigen unangenehm. Und deshalb war Kilian erleichtert, als Linda Braun, Derisoires Sekretärin, zeitgleich mit einem kaum hörbaren Klopfen die Tür aufriss und schwungvoll den Raum betrat.

»Wie schön, dass ihr schon zusammengefunden habt«, sagte sie mit einem breiten Lächeln. Offenbar immun gegen die eisige Stimmung im Raum.

»Der Chef will, dass ihr einen Fenstersturz untersucht«, erklärte sie, während sie einen Bericht vor Kilian ausbreitete.

»Die Streife vor Ort hat die Sache als Unfall eingeordnet, aber der Oberarzt in der Uniklinik hat wohl Zweifel. Ihr sollt schauen, was an der Geschichte dran ist.«

»Okay.«

Kilian und die Neue standen gleichzeitig auf, gingen wortlos zum Parkplatz und fuhren über den Rhein zur Uniklinik. Kilian dachte an seinen letzten Besuch im Klinikum. Mit Kata. Sie war zum Wagen gerannt, hatte ihn überholt und »Erste« rufend auf das Dach des Dienstwagens geschlagen. Kilian konnte sich noch gut erinnern, wie albern er ihr Verhalten gefunden hatte. Wie sehr ihm ihre ewigen Inszenierungen auf die Nerven gegangen waren.

Kilian steuerte den Wagen, und die Neue fasste die Ergebnisse des Berichts zusammen.

»Bei dem Opfer handelt es sich um die fünfzehnjährige Elena Walijewa, Tochter deutscher Spätaussiedler aus Russland. Sie ist vom Balkon der elterlichen Wohnung vier Stockwerke nach unten gefallen. Offenbar hat eine alte Matratze, die dort neben anderem Sperrmüll lag, den Aufprall abgefedert. Anderenfalls wäre der Sturz wohl tödlich gewesen. Eltern und Geschwister haben zu Protokoll gegeben, dass sie den Halt verloren hat, als sie den Vogelkäfig auf dem Balkon reinigen wollte.«

»Wo und wann ist das passiert?«, hakte er nach.

»Vorgestern Abend gegen 19 Uhr in Chorweiler. Eines der Hochhäuser, Moment, hier ist die Anschrift: Osloer Str. 4«, präzisierte sie.

»Kein schöner Ort zum Aufwachsen.« Kilian war sich bewusst, wie privilegiert seine Kinder groß wurden. Dank zweier Einkommen und der finanziellen Unterstützung von Biggis Eltern lebten sie in einem schönen Reihenhaus mit großem Garten. Raderthal war nicht der Nabel der Welt, aber Wohnraum war dort in den letzten Jahren noch erschwinglich gewesen und das Viertel ein Ort, in dem selten etwas Beunruhigendes geschah. Im Gegensatz zu Chorweiler. Kilian parkte den Wagen bei der Uniklinik, und wenige Minuten später standen sie zusammen mit dem Oberarzt, der sich als Dr. Karl Waltz vorgestellt hatte, im Krankenzimmer des Mädchens. Sie schlief. In ihrem rundlichen Gesicht schimmerten großflächige Hämatome gelb, braun und blau. Ihr rechter Arm steckte in einem Gips, und durch den Verband an ihrem Knie sickerte Blut, das ein bizarres Muster bildete.

Perfekt für einen Rorschachtest, dachte Kilian.

»Wieso glauben Sie, dass das Mädchen gestoßen wurde?«, fragte die Neue den Oberarzt.

»Ich habe nicht gesagt, dass sie gestoßen wurde. Ich habe gesagt, dass mir einige Dinge aufgefallen sind, die nicht zur Schilderung des Hergangs passen«, sagte der Oberarzt.

»Warum?«, fragte Kilian.

»Weil sie leichte, bei oberflächiger Betrachtung kaum wahrnehmbare Abwehrspuren hat.« Der Arzt gefiel sich offenbar in der Ermittlerrolle. Er trat zum Bett und legte die Arme des Mädchens frei.

»Rechts können Sie wegen des Gipses nichts sehen. Aber hier auf der linken Seite – sehen Sie das?«

Lisa Altmeier und Kilian stellten sich neben den Arzt, inspizierten den präsentierten Arm und die dazugehörige Hand: Unter den Fingernägeln hatten sich rote Halbmonde gebildet, vermutlich Blut, und einer der Fingernägel war tief eingerissen. Zudem umgab ein zartes lilafarbenes Band das Handgelenk.

»Danke, dass Sie uns darauf aufmerksam gemacht haben«, sagte Kilian und zog sein Smartphone aus der Tasche. Er fotografierte die Wunden von allen Seiten und nahm Proben von dem Blut. Dann legte er die schmale weiße Mädchenhand zurück auf die Bettdecke.

»Was denken Sie, wann wir mit ihr sprechen können?«, fragte Lisa Altmeier.

»Wegen der massiven inneren Verletzungen haben wir sie in ein künstliches Koma versetzt. Im Moment ist es zu früh, um eine Prognose zu wagen,« erwiderte der Mediziner.

»Sie könnte also auch sterben?«

»Das können wir zum jetzigen Zeitpunkt nicht ausschließen, wobei ich denke, dass nicht zuletzt aufgrund ihrer Jugend und guten Gesundheit die Heilungschancen überwiegen. Ich rufe Sie sofort an, wenn wir sie aufwecken.«

Wie immer staute sich der Verkehr auf der Inneren Kanalstraße, sodass sie fast vierzig Minuten nach Chorweiler brauchten. Entnervt stellte Kilian den Wagen in der Halteverbotszone vor dem Hochhaus ab und legte die städtische Ausnahmegenehmigung gut sichtbar auf das Armaturenbrett. Der Fahrstuhl in dem Gebäude funktionierte nicht, und sie mussten die Treppe nehmen. Mit einem Gefühl kindlicher Freude stellte Kilian fest, dass er die Stufen viel schneller hochkam als die Neue. Für einen Augenblick war er versucht, noch schneller zu laufen und dabei zu pfeifen, um den Unterschied noch deutlicher zu machen. Erstaunlich, was Katas Abwesenheit mit mir macht, dachte er. Als sie auf der vierten Etage ankamen, empfingen sie kaltes Neonlicht, das Lisa Altmeiers Gesicht fast unheimlich erschienen ließ, und ein intensiver Geruch, den Kilian nur schwer einordnen konnte. Er wusste, dass er ihn kannte, brauchte aber einen Moment, um draufzukommen.

»Ist das Weihrauch?«, fragte er seine Kollegin.

Lisa Altmeier schnüffelte nach links und rechts und nickte dann.

»Ich bin keine Kirchgängerin, aber ich glaube schon. Es riecht zumindest genauso penetrant.«

Je näher sie dem Appartement der Familie Walijew kamen, desto schlimmer wurde es. Offenbar lag die Quelle des Gestanks hinter der geschlossenen Wohnungstür. Kilian klingelte. Als sich nichts tat, klingelte er ein zweites Mal energischer und klopfte mit der flachen Hand gegen die Tür. Wenig später öffnete sie sich einen Spalt. Ein Schwall Weihrauch wehte Kilian entgegen und raubte ihm den Atem. Hustend nahm er seinen Ausweis aus der Hosentasche und zeigte ihn der Frau, die er jetzt durch die sich lichtenden Schwaden allmählich erkennen konnte. Ihr Gesicht war verquollen, die Augen gerötet. Unübersehbar hatte sie geweint.

»Frau Walijewa? Mein Name ist Kilian Neumann, das ist meine Kollegin Altmeier. Wir sind wegen des Sturzes ihrer Tochter hier.«

Die Frau zögerte einen Moment und öffnete dann die Tür einen weiteren Spalt, sodass sie eintreten konnten. Mitten im nebligen Wohnzimmer stand eine dunkle Gestalt, die ein silbernes Weihrauchfass an einer langen Kette langsam und rhythmisch schwenkte. Dabei erklangen Glöckchen, die an dem Fass befestigt waren, und der melodiöse Singsang des Priesters. Wie bizarr, dachte Kilian. Der Mann trug ein bodenlanges schwarzes Gewand, das mit jeder seiner Bewegungen mitschwang. Ein dichter brauner Bart bedeckte die untere Hälfte seines Gesichts und reichte ihm bis zur Brust. Er hatte die Augen geschlossen und war so in sein Tun versunken, dass er die Anwesenheit der beiden Polizisten offenbar gar nicht bemerkte. Kilian blickte von der Frau, die ihnen geöffnet hatte, zu dem bulligen Mann und den drei blassen Kindern, die hinter dem Priester standen. Die Schultern des Mannes und sein Stiernacken ließen auf hartes Training und üppigen Fleischkonsum schließen. Da passe ich zweimal rein, dachte Kilian, verscheuchte den Gedanken mit einem Kopfschütteln und fixierte die Familie, damit sie endlich den Geistlichen unterbrachen. Sie machten allerdings keine Anstalten, rangen entschuldigend die Hände und lächelten verlegen. Kilian atmete übertrieben laut ein, wobei ein weiterer Schwall Weihrauch in seine Kehle geriet. Es reichte ihm.

»Ich möchte Sie bitten, sich alle einen Moment hinzusetzen und unsere Fragen zu beantworten.«

Der Priester zuckte zusammen, ließ vor Schreck fast das Fass fallen und starrte erst entgeistert auf die Eindringlinge und dann auf die Walijews. Die reagierten mit einem Schwall russischer Wörter, beugten sich nach vorne und versuchten, die Hände des Priesters zu berühren. Erst jetzt entdeckte Kilian Ikonen und Kruzifixe an der Wand. In golden schimmernden Rahmen steckten unzählige Heiligenbilder, von denen er gerade einmal die Gottesmutter identifizieren konnte. Das ausladende altrosa Samtsofa, das unter der Bilderflut stand, erweckte den Eindruck, seine Beute niemals wieder freigeben zu wollen, und in den passenden Vorhängen hätten die Kinder der Familie problemlos Verstecken spielen können. Nur der große Flachbildschirm wirkte in dem altertümlichen Ambiente seltsam deplatziert. Natürlich wusste Kilian, dass in Stadtvierteln mit hohem Migrationsanteil Parallelwelten existieren und dass Ermittlungen in diesen Milieus oft unter erschwerten Bedingungen stattfanden. Mit der russisch-orthodoxen Gemeinschaft Kölns hatte er aber noch keine Erfahrungen gemacht und wusste auch wenig über den Kulturkreis. Dass es nach dem Zerfall der Sowjetunion eine starke Rückbesinnung auf den orthodoxen Glauben gegeben hatte, daran konnte sich Kilian aus diversen TV-Berichten erinnern. Aber das, was der Priester in der Wohnung aufführte, hatte er bisher nur in Filmen gesehen. Segnete oder säuberte er die Zimmer? Stand das im Zusammenhang mit dem Sturz des Mädchens? Die enge zeitliche Abfolge deutete zumindest darauf hin.

»Womit können wir Ihnen helfen?« Der Priester hatte anscheinend seine Stimme wiedergefunden. Er sprach mit einem starken Akzent.

»Wir sind hier, um den gestrigen Vorfall zu untersuchen. Waren Sie zugegen, als Elena vom Balkon gestürzt ist?«, erwiderte Kilian.

»Nein, nein«, wiegelte der Priester ab. »Ich bin der Seelsorger der orthodoxen Gemeinschaft in Köln. Jegor Papow.« Er reichte Kilian seine schmale weiße Hand, und dann zögernd auch Lisa Altmeier.

»Gut. Wer hat ihren Sturz gesehen und kann ihn uns schildern?«, fragte seine Kollegin. Auch sie wollte offenbar weiterkommen.

»Das haben wir doch gestern alles schon der Polizei erzählt.«

Elenas Mutter, die ihnen die Tür geöffnet hatte, sprach langsam und überdeutlich. Vermutlich fürchtete sie, nicht verstanden zu werden.

»Das waren Streifenbeamte. Wir kommen von der Mordkommission«, versetzte Lisa Altmeier.

Kilian sah, wie die Walijews blass wurden und sich Hilfe suchend auf Russisch an den Priester wandten. Auch er wirkte erschrocken.

»Aber warum denn Mordkommission? Es ist doch niemand ermordet worden«, sagte er.

»Nein, aber womöglich ist genau das versucht worden. Ich möchte, dass Sie sich jetzt alle hinsetzen und uns den gestrigen Vorfall noch einmal schildern.«

Die Familie setzte sich auf das Sofa und verschwand, wie Kilian es erwartet hatte, fast völlig in dem weichen rosafarbenen Samtpolster. Der Priester nahm im einzigen Sessel des Raumes Platz. Die nächste Stunde war ein zähes Ringen: Von Tränen, unverständlichen russischen Einwürfen und langwierigen Erklärungen des Priesters unterbrochen, schilderte die Familie noch einmal den Fenstersturz. Kilian und seine neue Kollegin hakten nach, stellten überraschende Fragen und versuchten zu provozieren – ganz wie das Lehrbuch es vorschrieb. Dennoch ergaben sich keine Abweichungen zu den früheren Angaben. Für Kilians Geschmack waren die Übereinstimmungen zu groß. Es klang wie auswendig gelernt. Aber er fand keinen Hebel, um anzusetzen. Auch die Begehung des Balkons ergab nichts Neues. Als Nächstes würden sie Nachbarn und Mitschüler befragen. Wenn sich auch dort keine Hinweise fanden, würden sie notgedrungen warten müssen, bis das Mädchen aus dem Koma aufwachte. Falls es erwachte.

Kapitel 3

Alba Oster wartete. Erst hatte sie voller Ungeduld darauf gewartet, dass ihr Debütroman erschien. Sie zählte die Wochen, Tage und letztlich Stunden, bis es endlich so weit war. Dann kam der große Moment, und sie konnte ihren Krimi endlich in Händen halten. Klein kam er ihr vor. Und leicht. Dabei war er kein Leichtgewicht. Es war ein kluger, durchdachter und origineller Roman. Das hatten Belinda Boes, ihre Agentin, und auch ihre Lektorin bei Bandom House ihr bestätigt. Auch die ersten Rezensionen, für die ihr Verlag gesorgt hatte, klangen positiv. Der Einfluss von Clarissa Moor sei deutlich zu spüren, schrieb ein Kritiker. Eine Zeitung titelte sogar »Die Ziehtochter der Meisterin«. Denn Alba Oster hatte zu den ausgewählten Nachwuchstalenten gehört, die bei der Bestsellerautorin einen kostenlosen Schreibkurs besuchen durften. Eine große Ehre. Und eine einzige Tortur. Denn die von ihr bewunderte Clarissa Moor hatte sich als Sadistin entpuppt, die die Kursteilnehmer gegeneinander ausspielte und deren Ideen klaute. Das Ganze hatte in einer Tragödie geendet: Clarissa Moor war ermordet worden, und sie, ausgerechnet sie, hatte den Leichnam im Seminarraum finden müssen. Noch heute quälten Alba Albträume. Wieder und wieder sah sie die breiige Masse, die einmal Clarissas schönes Gesicht gewesen war, vor ihrem geistigen Auge. Und auch die Tage danach waren der pure Horror: Die Verhöre, in denen diese aggressive, gemeine Kommissarin sie bedrängte. Der Überfall von Tomislav, der wie sie am Schreibkurs teilgenommen hatte, aber am Ende ohne Buchvertrag dastand. Die vielen schmerzhaften Erinnerungen, die ewige Zurückweisung, das Gefühl unsichtbar zu sein – Alba hatte gehofft, dass am Erscheinungstag ihres Buches all das enden würde. Dass sich der große Knoten, den sie in ihrem Inneren fühlte, einfach auflösen würde. Dass Menschen ihre Nähe suchen, womöglich sogar um ihre Freundschaft buhlen würden. Denn schließlich hatte sie es geschafft: Sie war jetzt Schriftstellerin. Sogar *Spiegel*-Bestsellerautorin. Auch wenn es ihr Krimi nur auf Platz 11 geschafft hatte und die Presse ihre Aufmerksamkeit bereits dem neuen Fitzek zuwandte, war ihr etwas Außerordentliches gelungen. Und dennoch hatte sich nichts geändert. Das geplante Treffen mit ihren Eltern und Verwandten hatte immer noch nicht stattgefunden. Mal war ihr Vater dienstlich verhindert, mal ihre Mutter erkrankt. Die Zurückweisung schmerzte Alba wie eine offene Wunde, die nicht heilen wollte. Sie ging abends mit dem Schmerz ins Bett und wachte morgens mit ihm auf. Das waren die guten Tage. An den schlechten schreckte sie mitten in der Nacht auf, weil sie geträumt hatte, ihr Buch sei in letzter Minute vom Verlag zurückgezogen worden oder nie in der Buchhandlung im heimatlichen Kevelaer angekommen. In ihrem Traum suchte ihr Vater vergeblich danach und bezichtigte sie daraufhin der Lüge. »Aber ich habe es geschrieben!« Ihre eigenen Schreie weckten Alba auf. In diesen Nächten, in denen es ihr nicht gelang, wieder einzuschlafen, zählte sie gebetsmühlenartig alles auf, was besser geworden war: Mithilfe eines Personal Trainers hatte sich ihre Figur erfreulich verändert. Und mit dem neuen Haarschnitt und den teuren Klamotten gelang es ihr sogar, eine entfernte Ähnlichkeit mit Clarissa Moor vorzutäuschen. Aber die Leere in ihrem Leben blieb. Alba hatte immer in »Wenn-dann«-Kategorien gedacht. Wenn ich endlich schlank bin. Wenn mein Buch erscheint. Wenn ich im Feuilleton besprochen werde – *dann*. All das war eingetreten, doch es gab kein *Dann*. Sie fühlte sich wie zuvor: missverstanden und übersehen. Das Klingeln ihres Handys riss Alba aus ihren dunklen Gedanken. *Belinda Boes* stand auf dem Display. Ihre Berliner Literaturagentin rief an. Erst wollte sie den Anruf ignorieren, doch dann siegte die Neugier. Vielleicht hatte ihre Agentin endlich einen TV-Auftritt für sie organisiert? Sosehr sie sich davor fürchtete, auf den Sofas der Talkshows zu sitzen, so sehr ersehnte Alba das Licht der Studioscheinwerfer. Dann, so glaubte sie, wäre sie endlich für jedermann sichtbar.

»Oster«, meldete sie sich. Ihre Stimme klang dunkel und ruhig – die Stunden bei der Sprecherziehung waren definitiv eine gute Investition gewesen.

»Alba, Kindchen, wie geht es dir?«, fragte Belinda Boes. Wie immer wirkte die Geschäftsfrau bester Dinge und bereit, es mit der Welt aufzunehmen.

»Danke, gut. Und Ihn ..., äh, dir?« Alba fiel es immer noch schwer, die fast dreißig Jahre ältere Frau zu duzen.

Doch bei ihrem ersten und bisher einzigen Treffen hatte Belinda Boes auf dem Du beharrt.

»Mir geht es hervorragend. Und mir wird es noch besser gehen, wenn du mich mit einer neuen Romanidee überraschst, hast du was in petto? Wir wollen das Eisen doch schmieden, solange es heiß ist.«

»Ich weiß nicht recht«, erwiderte Alba. »Ich habe da eine Idee, weiß aber nicht, ob die gut ist.«

»Nur raus damit, Kindchen, dafür hast du ja mich.«

»Also, ich würde gerne einen unorthodoxen Krimi schreiben. Einen mit einer Antiheldin.«

»Antiheldin?«, hakte ihre Agentin nach. »Was meinst du genau?«

»Eine Frau, eine Kommissarin, hier in Köln, die düster und gefährlich ist. Die vielleicht ein Doppelleben führt. Oder ein Drogenproblem hat.«

Alba merkte das Zögern am anderen Ende der Leitung und schob schnell hinterher: »Die Idee ist noch nicht ausgereift.«

»Ich finde die Idee gut, Alba, wirklich. Wir müssen nur aufpassen, was wir machen. Zu unsympathisch sollte die Protagonistin nicht sein. Leserinnen identifizieren sich gerne mit der Heldin. Und wenn da keine Projektionsfläche ist, kann das dem Verkauf schaden. Andererseits fragen die Verlage regelmäßig nach neuen Frauenfiguren.«

Alba hatte aufmerksam zugehört und nickte energisch mit dem Kopf, bis ihr einfiel, dass ihre Agentin das nicht sehen konnte.

Belinda Boes kam in Fahrt: »Suchtprobleme haben heute die Hälfte aller Ermittler. Meistens Alkohol. Vielleicht kann es eine moderne, wenig bekannte Droge sein oder eine seltene Krankheit?«

»Ja, das natürlich auch«, versicherte Alba schnell.

»Versuch dich doch mal an einem ersten Entwurf fürs Exposé und schick es mir dann.«

Ohne sich zu verabschieden, legte die Agentin auf, und Alba war wieder allein mit ihren Gedanken. Die Idee, aus der Kommissarin eine Romanfigur zu machen, war Alba schon vor Wochen gekommen. Sie in all ihrer Bösartigkeit darzustellen, subtile Rache zu üben, gegen die die Polizistin wehrlos war – die Vorstellung beglückte Alba. In ihrer Fantasie konnte sie die Dunkle mit ihrer vorspringenden Nase und den starrenden Augen zum willenlosen Drogenopfer machen. Zur Schlampe, die es auf öffentlichen Toiletten trieb. Oder zur Geisteskranken, die in der Psychiatrie endete. Während sie über die vielen Möglichkeiten nachdachte, die sich ihr boten, war Alba vom Schreibtisch aufgestanden und durch ihr Appartement gelaufen. Jetzt stand sie vor dem großen Spiegel, den sie vor wenigen Tagen gekauft hatte, als sie sich in ihrem erschlankten Körper endlich wohlfühlte. Sie warf ihrem Spiegelbild einen anerkennenden Blick zu, strich sich über das honigblond gefärbte Haar und versuchte Clarissas Lächeln zu imitieren. Bis heute hatte sie nicht verstanden, wie es die ermordete Bestsellerautorin so lange geschafft hatte, alle Welt zu täuschen. Hätte sich ihr wahrer Charakter nicht irgendwo andeuten müssen? Alba schüttelte den Kopf, um die lähmenden Gedanken zu verscheuchen. Clarissa Moor war tot und konnte ihr nicht mehr schaden.

Sie lächelte und freute sich auf ihren nächsten Schachzug. Er würde ein wenig Mut erfordern, aber dass sie den für die Kunst aufbringen konnte, hatte sie bereits bewiesen. Alba war zufrieden. Sie hatte wieder ein Ziel.

Kapitel 4

Die Bücher waren nicht nach Farben sortiert, aber dennoch auf Wirkung ausgerichtet. Ihre schiere Masse sollte Besucher offenbar beeindrucken. Kata hatte den Eindruck, dass einige Titel niemals aufgeschlagen worden waren. In einem anderen Leben hätte sie das zu einem entsprechenden Kommentar veranlasst. In diesem Leben, das vielleicht nicht mehr lange währte, hatten sich ihre Prioritäten verändert. Erika Steil, in deren Besprechungsraum Kata wartete, galt als Expertin in Sachen Erbrecht. Und die Anwältin hatte zeitnah einen freien Termin. Das war alles, was für Kata im Moment zählte. Sie blickte auf die Notizen, die vor ihr auf dem Tisch lagen. Aus Sorge, relevante Informationen zu vergessen, hatte sie alles fein säuberlich notiert. Es war erbärmlich, aber sie konnte nicht einmal die wichtigsten Gedanken festhalten. Sie schienen durch ihr Hirn zu wandern, ohne eine Spur zu hinterlassen. Dabei war sie einmal so gut im Auffinden versteckter Hinweise gewesen. Kata lachte auf. Selbst in ihren Ohren klang es hysterisch. Je mehr Zeit bis zum Beginn der Therapie verstrich, desto unerträglicher würde die Situation werden. Darüber machte sie sich keine Illusionen, und deshalb hatte sie alles andere ausgeblendet, das nicht unmittelbar mit der Beschaffung des Geldes zu tun hatte. Mit den Fingern auf die Tischplatte trommelnd, wartete sie unruhig, dass die Anwältin endlich eintraf. Die Mitarbeiterin, die sie in den Raum geführt hatte, tauchte mit einer Tasse Kaffee und weiteren Beschwichtigungen auf: Frau Steil sei bereits auf dem Rückweg vom Gericht und jeden Augenblick in der Kanzlei. Tatsächlich betrat knapp zehn Minuten später eine schmale Gestalt, deren Gesicht von einem silbrig schimmernden Pagenkopf umrahmt wurde, den Besprechungsraum. Kata kannte das Gesicht der Juristin von der Homepage der Kanzlei. Ihr war es auf den ersten Blick vertrauenswürdig und kompetent erschienen, allerdings konnte sie dafür keinen rationalen Grund nennen. Offenbar fanden ihre Entscheidungen jetzt in älteren Hirnregionen statt, die noch nicht einem Schweizer Käse glichen. Nach einigen Minuten hörte Kata den Satz, für den sich die Warterei gelohnt hatte, und selbst der horrende Stundensatz, den die Frau forderte.

»Wenn Sie tatsächlich die leibliche Tochter der verstorbenen Amalia Moor sind, haben Sie natürlich einen gesetzlichen Anspruch«, sagte Erika Steil. »Dabei ist völlig unerheblich, ob es im Krankenhaus eine Verwechslung gegeben hat, oder ob die beiden Frauen absichtlich ihre Töchter vertauscht haben – was wirklich schwer vorstellbar ist. Aber nach dreißig Jahren Juristerei weiß ich, dass es alles gibt. Wirklich alles«, fuhr die Anwältin fort.

Kata nickte. Und fragte dann das alles Entscheidende:

»Wie lange wird es dauern, bis ich das Geld bekomme?«

»Das ist schwer zu prognostizieren. Erbschaftsangelegenheiten können sich hinziehen. Zumal Ihr Fall außergewöhnlich ist. Wir müssen erst einmal zweifelsfrei beweisen, dass Sie die biologische Tochter der Verstorbenen sind. Was ist eigentlich mit dem Ehemann von Amalia Moor, Karl-Heinz, nicht wahr? Lebt der noch? Und ist er Ihr Vater?«

»Das weiß ich nicht«, antwortete Kata.

»Ob er noch am Leben ist, oder ob er Ihr Vater ist?«

»Ich glaube schon, dass er noch am Leben ist. Ja, doch, da bin ich ziemlich sicher. Ob er tatsächlich mein Vater ist, weiß ich nicht. Darüber habe ich mir keine Gedanken gemacht. Ich hatte ja einen Vater.«

Die Anwältin schaute Kata mit einem Blick an, den sie nicht deuten konnte.

»Rechnen Sie lieber mit Jahren als mit Monaten,« beschied sie dann.

»Die habe ich nicht.« Kata merkte, dass sie schrie. Die Anwältin schaute sie über den Rand ihrer Designerbrille fragend an.

»Warum der Zeitdruck?«

»Weil, weil ...«, Kata hatte sich selbst noch nie stotternd erlebt, aber ihren Zustand gegenüber anderen Menschen zu offenbaren, erschien ihr unmöglich. Sie presste mit den Händen gegen ihre Schläfen, um eine Formulierung ringend, die es ihr erlaubte, das Unaussprechliche auszusprechen.

»Weil ich, weil ich krank bin«, gestand sie schließlich.

»Können Sie das bitte präzisieren? Wenn ich einen Eilantrag bei Gericht einreichen soll, muss ich eine lupenreine Begründung liefern. Sind Sie schwer erkrankt? Haben Sie womöglich nicht mehr lange zu leben?«

Einen Moment verspürte Kata den unbändigen Wunsch, den schmalen, perfekt geschminkten Mund mit einem gezielten Schlag zum Schweigen zu bringen. Das Gesicht der Frau hatte sich ihrem genähert und schaute sie mitleidig an. Vorsichtshalber schob Kata ihre Hände unter die Oberschenkel und drückte sie mit aller Kraft gegen die Sitzfläche des Stuhls. Sie traute ihrer Impulskontrolle nicht mehr über den Weg.

»Wollen Sie einen Schluck Wasser?«, fragte die Anwältin, die sich wieder zurückgelehnt hatte.

»Ja.«

Um das Glas in Empfang zu nehmen, zog Kata ihre rechte Hand vorsichtig unter dem Oberschenkel hervor. Durch den Druck war sie weiß und blutleer. Während sie ihre Hand rieb, kehrte das Blut kribbelnd zurück.

»Ich habe geboxt. Ich war Deutsche Meisterin und Polizeiweltmeisterin – dadurch habe ich Hirnschäden erlitten. Die medizinisch korrekte Bezeichnung lautet: chronisch-traumatische Enzeplatie, nein, Enzephalopathie.«

Kata fühlte, dass ihr der Schweiß ausbrach. Sie schämte sich für das, was ihr widerfahren war. Natürlich trug sie keine Schuld. Das versuchten die noch intakten Teile ihres Gehirns ihr permanent zu signalisieren, aber sie kamen nicht gegen das übermächtige Gefühl aus Wut, Scham und Ohnmacht an. Wenn sie damals nicht mit einer verschleppten Erkältung in den Ring gestiegen wäre, hätte sie vermutlich keinen dieser furchtbaren Kopftreffer einstecken müssen. Wäre nicht k.o. gegangen und irre geworden.

»Das tut mir sehr leid«, sagte die Anwältin. Es klang aufrichtig.

»Haben Sie einen ärztlichen Befund, den ich kopieren könnte?«

Einen Moment starrte Kata die Frau an, dann begann sie, in der Innentasche ihrer Lederjacke herumzufingern. In Dresden hatte sie den Wisch eingesteckt, und sie konnte sich nicht erinnern, ihn herausgenommen zu haben. Sie stieß auf das zerknitterte Schreiben. Kata strich es glatt und überreichte es Erika Steil, die es schweigend für einige Minuten studierte.

»Und Sie brauchen das Erbe, um einen etwaigen Wegfall Ihres Einkommens zu kompensieren und später womöglich eine Pflegekraft zu finanzieren?«, fragte sie schließlich.

Kata schüttelte heftig den Kopf. Das beschriebene Szenario war mehr, als sie ertragen konnte.

»Nein, ich will damit eine Therapie in den USA bezahlen.«

»Das ist noch besser. Es zeigt dem Gericht, dass Sie aktiv mitarbeiten. Jetzt brauchen wir nur noch den Nachweis des Verwandtschaftsverhältnisses.«

Daran hatte Kata tatsächlich gedacht. Und den Punkt ganz oben auf ihrer To-do-Liste notiert: Nora Derm anrufen. Die Gerichtsmedizinerin kam dem, was Kata als befreundete Kollegin bezeichnen würde, am nächsten und würde ihr sicherlich den Gefallen tun.

»Das kann ich in die Wege leiten«, sagte sie zuversichtlich.

»Dann, denke ich, stehen unsere Chancen gut, Ihren

Anspruch vor Gericht in absehbarer Zeit, mithilfe des Eilantrages vielleicht sogar innerhalb von ein paar Monaten, geltend zu machen.«

Fünf Stunden später saß Kata im *Lola*. Die schreiend roten Wände der Kneipe im Friesenviertel und das laute Klappern des Tischfußballtisches hatten schon immer beruhigend auf sie gewirkt. Genauso wie der Whisky, der vor ihr auf der Theke stand. Der Lagavulin Single Malt war nicht ihr liebster, aber fraglos ein guter Whisky. Und den hatte sie sich jetzt verdient. Das Telefonat mit Nora Derm war erst ein wenig stockend verlaufen:

»Du willst, dass ich Amalia Moor aus dem Kühlschrank hole und eine Verwandtschaft mit dir feststelle? Hast du mich nicht damals gebeten, deine und die DNA ihrer Tochter Clarissa zu analysieren?«, hatte Nora Derm gefragt.

»Ja«, antwortete Kata.

»Und damals ließ das Ergebnis keinen Zweifel zu: Ihr seid nicht verwandt. Warum solltest du es dann mit ihrer Mutter sein? Das macht doch keinen Sinn.«

»Weil sie wahrscheinlich nicht Clarissas Mutter, sondern meine ist. Zumindest hat sie das vor ihrem Tod gesagt.«

»Geht es dir gut, Kata?« Die Stimme der hünenhaften Gerichtsmedizinerin klang besorgt.

»Ja, doch. Und wenn du unsere Verwandtschaft nachweisen kannst, wird es mir sogar ganz fantastisch gehen.«

»Was ist mit der internen Untersuchung?«

»Da kümmere ich mich drum. Versprochen.«

Schließlich hatte Nora Derm eingewilligt, die Untersuchung vorzunehmen, und Kata beschloss zu feiern. Sie hatte Kilian, der unzählige Nachrichten auf ihrer Mailbox hinterlassen hatte, angesimst und ins *Lola* bestellt. Mit dem zweiten Whisky breitete sich eine wohlige Wärme in ihr aus und sogar ein Gefühl der Zuversicht. Vielleicht wird doch noch alles gut, dachte Kata. Wenn ich die Therapie zeitnah beginne, kann das Absterben meiner Nervenzellen sicherlich gestoppt werden. Womöglich entstehen sogar neue Verbindungen, und ich kann wieder normal denken.

»Kata.« Kilian schwang sich auf den Barhocker neben ihr.

»Wo zur Hölle bist du gewesen? Ich versuche seit Tagen, dich zu erreichen. War sogar bei dir zu Hause. Bist du jetzt völlig durchgedreht, oder was?«

»Ich freue mich auch, dich zu sehen«, antwortete Kata und versuchte Kilian auf die Wange zu küssen. Ihre Lippen gingen aber ins Leere. Ihr Partner schien wirklich *pissed* zu sein. Völlig grundlos, wie Kata fand.

»Komm, trink was«, sagte sie und signalisierte der Bedienung, dass sie zwei weitere Whiskys bringen sollte.

»Ich denke, du hattest schon genug für uns beide. Verdammt Kata, was ist mit deiner Anhörung? Ich habe schon vor vier Tagen aussagen müssen und wollte mich im Vorfeld eigentlich mit dir abstimmen«, wütete Kilian weiter.

»Davon hat Nora vorhin auch gesprochen. Aber ich hatte einfach Wichtigeres zu tun.«

»Du hattest Wichtigeres zu tun, als deinen Job zu retten? Und eine Anklage wegen Totschlags abzuwenden? Da bin ich gespannt.«

Kata nahm einen tiefen Schluck aus dem frischen Whiskyglas, das die Bedienung vor ihr abgestellt hatte. Kilian rührte sein Getränk nicht an, und Kata war einen Moment versucht, den Inhalt einfach in ihr Glas umzuschütten. Selbst schuld.

»Ich musste das Erbe meiner Mutter sichern«, versetzte Kata.

»Du musstest was? Kata, hör mit dem Saufen auf. Deine Mutter ist seit über zwanzig Jahren tot.«

»Nicht *die* Mutter. Die andere: Amalia Moor.«

»Verarschst du mich?«

»Nein, nein, wenn du einen Moment Ruhe gibst, erkläre ich es dir.«

»Kata, ist das dahinten Massimo Schreier, der zu uns rüberstarrt?«

Verärgert über die erneute Unterbrechung, drehte sich Kata bewusst langsam auf ihrem Hocker um und entdeckte den kleinen, untersetzten Rockerchef, der eskortiert von zwei Schlägern in der Ecke des Lokals stand.

»Ja. Und offensichtlich ist er noch dicker geworden.«

»Ist der immer noch hinter dir her? Das gibt es doch nicht. Wie lange bist du jetzt nicht mehr im Ring gewesen? Neun Jahre, richtig? Da sollte der Typ doch ein anderes Objekt der Begierde gefunden haben«, ereiferte sich Kilian. Massimo Schreier, der Kölner Sektionschef der *New Demons*, hatte keinen von Katas früheren Kämpfen versäumt. Und stets versucht, nachher in ihre Umkleide zu gelangen. Einmal musste einer seiner Männer ihr sogar Blumen überreichen. Das alles schien zu einem anderen Leben zu gehören. Von der Popularität und den Perspektiven jener Zeit war nichts geblieben – nur die Boxerdemenz, die würde ihr vermutlich für den Rest ihrer Tage bleiben, selbst wenn die Therapie anschlug. Kata griff zu ihrem Glas und trank den restlichen Whisky mit einem großen Schluck.

»Also? Ich bin ganz Ohr«, sagte Kilian.

Kata hatte schon wieder vergessen, dass sie ihrem Partner von Amalia Moor erzählen wollte. Sie versuchte, sich zu konzentrieren, und setzte die einzelnen Puzzleteile, so gut sie konnte, zusammen. Kilian hörte ihr erst schweigend zu. Dann begann er den Kopf zu schütteln und unterbrach sie schließlich.

»Kata, bitte hör mir einen Augenblick zu. Ja? Selbst wenn diese Amalia Moor tatsächlich deine Mutter sein sollte – du bist in ihr Ableben verstrickt. Wenn die Untersuchung auch nur den Hauch eines Zweifels bestehen lässt, giltst du als erbunwürdig. Paragraf 2000 und irgendwas BGB: Tötung oder versuchte Tötung des Erblassers. Das kannst du doch nicht vergessen haben.«

Tatsächlich war Kata dieser Gedanke nie gekommen. Ihre verfügbare Gehirnkapazität hatte dafür offenbar nicht mehr ausgereicht. Und das musste sie auch nicht, entschied Kata. Denn sie hatte Amalia Moor keinen Schaden zugefügt. Der Schuss hatte sich ohne ihr Zutun aus der Pistole der ehemaligen Stasi-Agentin gelöst. Allerdings würde sie das beweisen müssen.

»Wann ist meine Anhörung?«, fragte sie Kilian.

»Du weißt das wirklich nicht?«

»Nein, bitte sag es mir.«

»Nur wenn du mir sagst, was mit dir los ist. Hängt das

alles hiermit zusammen?« Kilian hob sein Whiskyglas an und ließ es gleich wieder auf die Theke knallen. Dabei ergoss sich etwas von der bernsteinfarbenen Flüssigkeit auf die dunkle Holzplatte. Weder sah noch hörte es irgendjemand in dem vollen Lokal – außer Kata, die mit sich rang. Wenn sie unbeschadet durch die interne Untersuchung kommen wollte, brauchte sie die Hilfe ihres Partners, des ältesten und vielleicht einzigen Freundes, den sie jemals gehabt hatte. Und da sie es der Anwältin gesagt hatte, war es jetzt ohnehin in der Welt.

»Ich habe CTE«, murmelte sie.

»Du hast was?«, fragte Kilian zurück.

»Boxerdemenz, das faustkämpferische Syndrom, chronisch-traumatische Enzephalopathie, nenn es, wie du willst.«

Kata sah, wie Kilian blass wurde, den restlichen Whisky herunterstürzte und umgehend zwei neue bestellte. Er stützte seinen Kopf für einen Moment in die Hände und wandte sich dann Kata zu.

»Seit wann weißt du es?«

»Gedacht habe ich es schon eine Weile. Gewissheit habe ich seit ein paar Tagen.«

»Und was machen wir jetzt?« Kilians Stimme brach und Kata tätschelte seinen blonden Kopf. Während er den frischen Whisky wie Wasser trank, griff er nach ihrer Hand.

»Ich liebe dich.«

»Ich weiß«, sagte Kata.

Kapitel 5

Apollinaria Müller betrat ihre Praxis. Obwohl es erst 7:15 Uhr war, saßen schon rund ein Dutzend Frauen in ihrem Wartezimmer. Frauen mit kalkweißer, hellbrauner und tiefschwarzer Haut. Sie sah dunkle Schleier, bunte Turbane und wallende Locken. Offene, kämpferische Gesichter, solche, die sich betont gleichgültig gaben, und ängstliche, die bei jedem Geräusch zusammenzuckten. So unterschiedlich die Frauen waren, so einheitlich war ihr Schweigen. Ganz zu Anfang, als sie ihre erste Praxis am Rande von Köln-Chorweiler eröffnete, hatte sich die Ärztin noch gewundert, warum in ihrem Warteraum kaum jemals ein Wort gesprochen wurde. Ihrer Erfahrung nach animierten ähnliche Schicksale zu intensiven Gesprächen. Doch was für andere Orte galt, hatte in ihrer Praxis keine Gültigkeit. Die Frauen, die zu ihr kamen, trugen Narben: sichtbare und unsichtbare. Sie waren Opfer von Massenvergewaltigungen, archaischen Stammesriten, erbarmungslosen Familien und gewalttätigen Partnern. Apollinaria Müller, die ihren hochtrabenden Vornamen ihrem Vater, einem russischen Dissidenten, und ihren Allerweltsnachnamen ihrer Mutter, einer freigeistigen Alt-68erin, verdankte, hatte gleich nach dem Studium begonnen, für *Ärzte ohne Grenzen* zu arbeiten. Was sie dort sah, sollte sie nie wieder loslassen und ihren weiteren Lebensweg bestimmen. Ein Leben, in dem sie zu verzichten gelernt hatte: Eine ernsthafte Partnerschaft, die diesen Namen verdient hätte, oder auch nur ein längerer Urlaub von ihrer Praxis waren undenkbar. Aber wenn sie erlebte, wie eine der Frauen zurück ins Leben fand, war es ihr all das wert. Fotos von Hochzeiten, Taufen und Einladungen zu solchen Ereignissen hingen an einer großen Pinnwand im Eingangsbereich. Auch wenn sie selten eine annahm und, wenn doch, immer nach kürzester Zeit wieder ging, freute sich Apollinaria über jede einzelne. Erst gestern hatte sie die Einladung zu einer Promotionsfeier einer früheren Patientin bekommen, auf die sie sich tatsächlich freute. Schwungvoll öffnete sie die Tür zu ihrem Sprechzimmer und hätte am liebsten sofort wieder kehrtgemacht. Denn der Gestank, der ihr entgegenschlug, raubte ihr den Atem. Sie kämpfte den Ekel nieder und wandte sich stattdessen mit einem Lächeln der jungen Frau zu, die fluchtbereit auf dem äußersten Rand des Besucherstuhls saß. Ihr junges dunkelhäutiges Gesicht musste einmal schön gewesen sein: ebenmäßige Züge, große Augen, volle Lippen. Doch jetzt lagen ein Grauschleier und eine große Traurigkeit über allem. Sie hatte mehrere Hosen übereinander angezogen und eine Plastiktüte unter ihrem Gesäß ausgebreitet. Aber die Vorsichtsmaßnahmen hatten nicht verhindern können, dass sie ihre Kleidung einnässte und den Raum mit einem stechenden Ammoniakgeruch füllte.

Ungewollte Schwangerschaften waren nicht die einzige Folge von Massenvergewaltigungen – das hatte Apollinaria Müller bei *Ärzte ohne Grenzen* gelernt. Fisteln waren mindestens genauso häufig. Durch die gewaltsame Penetration riss das Gewebe zwischen Blase und Vagina. Löcher entstanden, durch die Urin unkontrolliert austrat. Diese Inkontinenz war ein nicht enden wollender Albtraum für die Frauen, da auf die traumatische Vergewaltigung häufig die gesellschaftliche Ausgrenzung folgte.

»Wie geht es Ihnen?« Apollinaria Müller trat mit einem breiten Lächeln auf die Patientin zu und schüttelte ihre kleine Hand, die zitterte wie ein neugeborenes Vögelchen. Große braune Augen richteten sich überrascht auf die Ärztin. Freundlichkeit war offenbar das Letzte, was die junge Frau erwartet hatte. Apollinaria Müller hielt die Hand länger fest, als es erforderlich gewesen wäre. Strich dabei über Schwielen und abgekaute Fingernägel.

»Es wird alles gut werden. Ich kann Ihnen helfen«, beruhigte sie die Frau. Ein kaum wahrnehmbares Lächeln entstand in dem gräulich schimmernden Gesicht, dennoch hatte die Ärztin nicht das Gefühl, tatsächlich verstanden zu werden.

»Madita«, rief sie in die Gegensprechanlage, »kommst du zum Dolmetschen rüber?«

Nur einen Augenblick später betrat ihre Sprechstundenhilfe das Zimmer. Dank jahrelanger Übung gelang es auch ihr, den stechenden Geruch auszublenden und sich nichts anmerken zu lassen. Madita Mukwege stammte aus dem Kongo und war ein Sprachtalent. Wann immer ihre Chefin mit ihren Suaheli-Kenntnissen nicht weiterkam, unterstützte sie sie auf Lingala, Kikongo oder Kisuaheli. Sie hielt die zarte Hand der Patientin und sprach beruhigend auf sie ein, während Apollinaria Müller ihren Unterleib untersuchte.

»Komplizierte Vergewaltigungsfistel, aber operabel. Glücklicherweise ist gesundes Gewebe drum herum erhalten. Ich würde mal sagen: fifty-fifty.« Apollinaria Müller sprach primär zu sich selbst. Und auch Madita sah keinen Anlass, alles zu übersetzen. Stattdessen wiederholte sie gebetsmühlenartig:

»Alles wird gut. Alles wird gut.«

Nachdem sie mit der Patientin einen OP-Termin für die kommende Woche vereinbart hatten, zog Madita ihre Chefin an der Hand zur Rückseite der Praxis. Medikamente und medizinisches Gerät stapelten sich hier. Daneben Bücher und Broschüren. *Terre des Femmes*, *Frauen gegen Gewalt e.V.*, die Kölner Frauenhäuser und viele andere Gruppen unterstützten die Praxis und legten Infomaterialien in den Räumen aus. Wie alle Fenster des Gebäudes war auch das Fenster im Lagerraum vergittert. Zusätzlich hatten sie Folien aufgeklebt, die das Innere nur schemenhaft erkennen ließen. An der linken unteren Ecke hatte sich die Folie bereits ein wenig von der Scheibe gelöst. Madita bückte sich und zog sie vorsichtig weiter hoch.

»Siehst du ihn?«, fragte sie die Ärztin.

Apollinaria Müller beugte sich über die Schulter ihrer Mitarbeiterin und starrte nach draußen, wo sie zwischen dem Gestrüpp eine dunkle Gestalt sah. Dass Männer ihren Frauen, Töchtern und Schwestern beim Verlassen der Praxis auflauerten, stellte das größte Sicherheitsrisiko bei ihrer Arbeit da. Darum zogen sie regelmäßig um. Doch meist war es nur eine Frage der Zeit, bis auch die neuen Räumlichkeiten entdeckt wurden. Die herbeigerufene Polizei gab sich problembewusst. Eingreifen konnte sie allerdings erst, wenn etwas geschah. Und dann war es für die meisten Frauen bereits zu spät. Dass ihre Patientinnen in Gefahr schwebten, belastete Apollinaria Müller weit mehr als alles, was ihr widerfuhr. Anonyme Drohbriefe und Anrufer, die sie wüst beschimpften, konnten sie schon lange nicht mehr schrecken. Das galt auch für die dunklen Gestalten, die um die Praxis schlichen. Doch seit ein paar Wochen hatte deren Tun eine neue Qualität erreicht: Wände wurden beschmiert, Reifen aufgeschnitten und blutige Tierkadaver vor der Praxistür abgelegt. Anhand der Videobänder ihrer Überwachungskamera konnte aber keiner der Männer identifiziert werden. Sie hatten Kapuzen tief ins Gesicht gezogen oder Tücher über Mund und Nase gebunden. Auch der Mann, der jetzt zu ihnen hinüberstarrte, war unter seinem wirren Haar- und Bartwuchs kaum zu erkennen. Eine schwarze Ray-Ban-Sonnenbrille tat ihr Übriges.

»Soll ich die Polizei rufen?«, fragte Madita besorgt.

»Nein, noch hat er ja nichts getan«, erwiderte Apollinaria Müller.

Womit sie irrte.

Kapitel 6

Kata saß auf der falschen Seite des Tisches. Jahrelang war sie es gewesen, die die Fragen gestellt hatte. Und die dafür gesorgt hatte, dass sie früher oder später beantwortet wurden. Doch jetzt setzten ihr die Fragenden – ein Kollege der Internen, den sie vom Sehen kannte, und ein ihr unbekannter Mitarbeiter der Staatsanwaltschaft – zu. Selbst im gesunden Zustand hätte Kata das Verhör an ihre Grenzen gebracht. Und sie war nicht gesund. Ganz und gar nicht. Ohne Kilian hätte sie den Termin sogar versäumt. Denn sie hatte weder in ihren Briefkasten geschaut noch die Anrufe auf ihrer Mailbox abgehört. Linda Braun, die Sekretärin des Kommissariats, und der ihr zugeteilte Gewerkschaftsvertreter hatten wiederholt versucht, sie zu erreichen. Doch sich auf mehr als eine Sache gleichzeitig zu konzentrieren überforderte sie. Und das Erbe hatte absolute Priorität. Aber natürlich hatte Kilian recht: Wenn Zweifel an Amalias Tod blieben, würde sie als erbunwürdig gelten. Und alles wäre vergeblich.

»Frau Sismann, sind Sie so freundlich und beantworten

meine Frage?« Ulferd Thomm klang zunehmend ungeduldig, was Kata gut verstehen konnte. Sie selbst wäre bei einer solch miserablen Zeugin längst ungemütlich geworden. Aber sobald sich die Tischseite änderte, änderte sich offenbar auch die Perspektive. Und Kata hätte dem Kollegen gerne gesagt, dass er sich ins Knie ficken solle. Sie verlangsamte ihre Atmung, eine Übung, die sie aus ihren aktiven Zeiten noch immer beherrschte, und visualisierte die Therapie in den USA: Ein modernes weißes Gebäude voller freundlicher Menschen, die sich um sie kümmerten. Fast sofort fühlte sie sich besser und in der Lage, die Fragen weiter zu beantworten.

»Sie sagen ja selbst, dass die Erkenntnisse der SpuSi meine Schilderung des Tathergangs stützen«, sagte sie ins Blaue und hoffte, nicht allzu weit danebenzuliegen. »Schmauchspuren finden sich ausschließlich an den Händen von Amalia Moor, was meine Angaben untermauert, dass sie erst ihren früheren Führungsoffizier erschoss und dann sich selbst. Versehentlich, als ich versucht habe, sie zu entwaffnen.« *Gott, was für ein Gelaber,* dachte Kata.

»Es bleibt aber die Frage, warum Sie im Alleingang eine solch wichtige Ermittlung weitergeführt haben. Weder war Ihr Partner involviert noch Ihr Vorgesetzter informiert.«

»Herr Neumann hat sich dazu bereits eingelassen«, erklärte der Gewerkschaftsvertreter an ihrer Seite ruhig.

»Ich würde es aber gerne von Frau Sismann hören.«

Kilian hatte ihr seine Aussage am Vorabend dreimal geschildert und dabei wiederholt ängstliche Blicke in ihre Richtung geschickt. Offenbar fürchtete er, dass sie das

Gesagte sofort wieder vergessen würde. Eine berechtigte Sorge, wie Kata fand. Sie schloss die Augen, um sich besser konzentrieren zu können.

»Ich habe meinen Partner in einem längeren Telefonat ausführlich über die neuen Erkenntnisse in dem Fall informiert. Durch eine familiäre Notsituation traf er aber erst gut zwei Stunden später am Tatort ein.« Kata fand, dass das gar nicht so schlecht klang. In Wahrheit hatte sie Kilian kein Sterbenswörtchen erzählt, und die fünf Minuten, die sie an dem Tag miteinander telefoniert hatten, waren ein einziges Gezänk gewesen. Aber Kilian hatte einen Unfall seines Sohnes konstruiert, aus irgendwelchen Quellen sogar ein ärztliches Attest beigebracht, und seine Abwesenheit so ansatzweise glaubwürdig erklärt. Der Mitarbeiter der Staatsanwaltschaft hatte die ganze Zeit geschwiegen, sich aber eifrig Notizen gemacht. Langsam entwickelte sich ein Lächeln auf seinem selbstsicheren Gesicht. Alles an dem jungen Mann war Kata zuwider. Der teure Anzug, der auf den Leib geschneidert zu sein schien, der professionell getrimmte Fünftagebart, der unnatürlich glänzte, und die perfekten Zähne, die bei seinem selbstsicheren Grinsen sichtbar wurden.

»Darf ich Sie auf einige Widersprüche in Ihren Aussagen aufmerksam machen, Frau Sismann?«, fragte er süffisant.

»Was für eine bescheuerte Frage. Sparen Sie sich den Rhetorik-Scheiß für den Gerichtssaal.« Kata merkte, wie sie alle entgeistert anstarrten. Der Gewerkschaftsvertreter begann sogar, ihren Arm zu tätscheln.

»Vielleicht machen wir besser eine Pause«, schlug er just in dem Moment vor, als die Tür aufging.

Kata war außer sich und achtete nicht auf die eintretende Person. Erst als sich ein Kopf mit einer üppigen Lockenpracht zu dem Vertreter der Staatsanwaltschaft hinunterbeugte und ihm eindringlich ins Ohr flüsterte, schaute sie genauer hin und stutzte: Das war Beatrix van Wert. Die Staatsanwältin, der sie vor Wochen, sie wusste nicht mehr wann genau, die Rechercheunterlagen über rechte Seilschaften in der Polizei geschickt hatte. Was wollte sie hier? Was sagte sie dem jungen Typen? Kata versuchte zu lauschen, verstand aber kein einziges Wort. Sie sah nur, wie sich der Gesichtsausdruck des Mannes veränderte. Es kostete ihn offenbar große Mühe, weiterhin selbstsicher zu wirken. Für einen Moment guckte Beatrix van Wert in Katas Richtung. Ihre Lippen kräuselten sich, als ob sie ein Lächeln andeuten wollten. Dann ging sie genauso grußlos, wie sie gekommen war.

»Was war das denn?«, fragte Ulferd Thomm.

»Also, ich denke, dass seitens der Staatsanwaltschaft keine offenen Fragen mehr da sind«, presste der junge Mann hervor, der offenbar von seiner Chefin zurückgepfiffen worden war. Er packte seine Notizen in eine glänzende schwarze Aktentasche, stand auf und verließ ebenfalls den Verhörraum.

Kapitel 7

Alba Oster genoss das weiche Gefühl auf ihrer Zunge. Langsam schmolz das Cheesecake-Eis in ihrem Mund, und es blieben nur kleine Zitronenstückchen über, die sie bedächtig lutschte, um das Vergnügen zu verlängern. Mehr als zwei Kugeln würde sie sich aber keinesfalls gönnen. Sie durfte die erreichten Erfolge nicht aufs Spiel setzen, nur weil sie gelangweilt war. Sie saß bereits seit zwanzig Minuten bei *Schmitz' Eis* auf der Dürener Straße und wartete. Wieder einmal. Sie hatte das Gefühl, dass ihr ganzes Leben aus einer zähen, nie endenden Warterei bestand. Und dass nie etwas Wichtiges geschah. Doch das war Unsinn: Immerhin war ihr Krimi erschienen. Und eben hatte sie ihn noch im Schaufenster der Buchhandlung *Kaiser*, die ebenfalls auf der Dürener Straße lag, gesehen. Alba hatte es sich zur Gewohnheit gemacht, die Kölner Buchhandlungen aufzusuchen und zu schauen, wie viele Exemplare ihres Buches auslagen. Wo die Buchhändlerinnen den Titel platziert hatten und ob sie ihn ihr empfahlen, wenn sie ganz allgemein nach guten Krimis fragte. Anfänglich war sie sich dabei albern vorgekommen und hatte Angst, erkannt zu werden. Ihr aufgehübschtes Foto, für das der Verlag bezahlt hatte, war in vielen Zeitungen zusammen mit den Besprechungen erschienen. Doch sie blieb genauso unsichtbar wie zuvor: vor ihrem Erfolg und der Rundumerneuerung. Einerseits stimmte sie das traurig, andererseits konnte sie so undercover Werbung für ihr Buch machen. Es auf dem Stapel der Neuerscheinungen so hinstellen, dass es direkt ins Auge stach und andere Titel verdeckte.

Doch jetzt hatte sie ein neues Projekt, eines, in das sie ihren ganzen Elan, ihren ganzen Einfallsreichtum und all ihre Energie stecken würde. Nur nicht allein. Allein war ihr das zu riskant. Und deshalb saß sie jetzt in dem angesagten Café und wartete auf Maja Meyer, die über What's up angekündigt hatte, dass sie sich verspäten würde. Noch vor ein paar Monaten, als sie beide den Kurs von Clarissa Moor besuchten und um die Gunst der Bestsellerautorin wetteiferten, hatte sie die attraktive Blondine gehasst. Doch aktuell war Maja die einzige andere Autorin, die Alba kannte. Denn auch ihr war es nach dem Kurs gelungen, einen Buchvertrag bei einem kleineren Publikumsverlag zu bekommen.

Alba führte den nächsten Löffel des hausgemachten Eises zum Mund. Die kleinen Karamellstückchen, die sie an der Sorte besonders mochte, zerknackte sie genussvoll mit den Zähnen. Dann sah sie Maja, die ihr Rad eilig an einem Straßenschild abschloss und mit angespanntem Gesicht auf sie zukam.

»Sorry, ich hatte eben noch einen *Catfight*«, sprudelte sie los.

»Mit wem?«, fragte Alba mäßig interessiert. Sie wollte schnell zu ihrem Thema kommen. Aber vermutlich war es besser, wenn sie Interesse für Majas Probleme heuchelte.

»Mit so einer Bloggerin, die über meinen Krimi hergezogen ist. Sie hat ihn in ihrer Rezension als ›unglaubwürdig, wenig spannend und sprunghaft‹ bezeichnet. Diese blöde *Bitch.*«

Maja redete sich in Rage. Holte ein Exemplar ihres Buches aus dem Rucksack und rief auf ihrem Smartphone die Rezension auf.

»Guck hier, sie behauptet, dass meine Protagonistin vom Ort des Geschehens weggegangen sei und folglich das Gespräch gar nicht gehört haben könne. Dabei steht es hier schwarz auf weiß.« Maja klopfte mit ihrem Zeigefinger auf die entsprechende Textstelle: »›Die Tür war nur angelehnt, und Leonida schlüpfte ungesehen, wie ein flüchtiger Geist, hindurch.‹ Kannst du dir das vorstellen? Die überliest bei ihrer Schnell-Schnell-Leserei wichtige Stellen und kreidet das dann mir an?«

Maja sprach so laut, dass sich die anderen Gäste zu den beiden umdrehten.

Alba hätte ihr sagen können, dass die Auswahl von Rezensenten mit der gleichen Umsicht betrieben werden sollte wie die Geschworenenauswahl bei einem US-Gericht. Denn wenn vorher nicht feststand, wie jemand urteilte, war das Risiko viel zu groß. Aber warum hätte sie dieses Wissen, das Belinda Boes ihr nach dem dritten Aperol Spritz serviert hatte, weitergeben sollen? So weit ging das neue Zweckbündnis mit Maja nicht. Bei Weitem nicht. Deshalb gab sie auch jetzt keine Insiderkenntnisse, sondern lediglich bestärkende Geräusche von sich und lenkte das Gespräch dann auf das einzige Thema, das sie wirklich interessierte.

»Was hältst du davon, wenn wir gemeinsam auf Recherche gehen?«, fragte sie ihr Gegenüber.

»Was meinst du mit Recherche?«

»Wenn wir gemeinsam ins Kölner Nachtleben eintauchen. In zwielichtige Kneipen gehen, wo die Halb- und Unterwelt verkehrt, in Wettbüros, die Bahnhofsmission, einfach an alle Orte, die für uns als Krimiautorinnen wichtig und spannend sind. Was meinst du?«

Alba strahlte Maja an und hoffte, dass die junge Frau ihren Enthusiasmus teilen würde.

»Ich weiß nicht recht. Das kann ganz schön nach hinten losgehen«, sagte Maja.

»Aber glaubst du nicht, dass es wichtig ist, authentisch zu sein? Die Atmosphäre der Schauplätze aus eigenem Erleben beschreiben zu können?«

»Ich gucke mir Videos auf YouTube an«, wiegelte Maja ab.

»Das merkt man«, versetzte Alba.

»Was meinst du damit?«, fragte Maja entgeistert.

»Du hast doch eben selbst gesagt, dass diese Bloggerin dir vorwirft, nicht glaubwürdig zu sein. Vielleicht erinnerst du dich, dass Clarissa damals die Tinder-Dates meines Mordopfers als unrealistisch bezeichnet hat. Dann habe ich mich tatsächlich mit einem halben Dutzend Typen getroffen. Furchtbar für mich, aber super fürs Buch.«

Alba merkte, dass ihr kleiner Monolog bei Maja die gewünschte Wirkung zeigte. Es bildete sich eine Falte zwischen den Augenbrauen der jungen Frau, während sie angestrengt nachdachte. Dann nickte sie schließlich.

»Wo möchtest du zuerst hin?«, fragte Maja.

»Ich hatte ans *Grön Eck* gedacht. Soweit ich weiß, verkehren da neben vielen Nachtschwärmern auch Kleindealer und gelegentlich sogar Rocker.«

Bei dem letzten Wort zuckte Maja zusammen. Aber offensichtlich wollte sie jetzt keinen Rückzieher mehr machen, denn sie fragte, wann und wo sie sich treffen wollten.

Kapitel 8

Jegor Papow, der Geistliche der russisch-orthodoxen Gemeinschaft, hatte sich schon den ganzen Morgen unwohl gefühlt. Während er sich auf den Gottesdienst vorbereitete, zwickte und stach es in seinem Bauch. Glücklicherweise halfen ihm die Ministranten, das Phelonion, sein schweres goldenes Gewand anzulegen. Er tätschelte den Jungen freundlich den Kopf und war mit seinen Gedanken doch ganz woanders. Gleich würde er sie wiedersehen. Die Frau, die sein Denken beherrschte. Derentwegen er nach Deutschland gekommen war. Die ihn mit einem Blick in die Hölle schicken und mit einem Lächeln in den Himmel heben konnte: Saschura. Allein ihren Namen zu denken, versetzte ihn in einen Rausch. Gefühle, die er fast zwei Jahrzehnte unterdrückt hatte, durchfluteten seinen Körper. Sein Geschlechtsteil richtete sich auf, und er war dankbar für das weite, wallende Kleidungsstück, das die Erektion vor den Jungen verbarg. Nicht auszudenken, was geschehen würde, wenn es einem von ihnen auffallen sollte. Er verspürte tiefe Scham und zugleich unendliche Dankbarkeit, dass sie wieder in seinem Leben war. Nach so vielen Jahren, Schmerzen und Zweifeln.

Als er zusammen mit den Messdienern zum Altarraum schritt, sah er sie aus den Augenwinkeln: Saschura Jelena Solowjowa stand in einer der vordersten Reihen. Aufrecht, die leuchtend blonden Haare unter einem dunklen Kopftuch verborgen. Hinter ihr glänzte die goldene Ikonenwand, und Kerzen warfen ein sanftes Licht auf ihre makellose Haut. Sie blickte zu Boden, sodass er ihre Augen, von denen er wusste, dass sie wie das Meer in seiner Heimat schimmerten, nicht sehen konnte. Wenn sie nur für einen Augenblick aufschauen würde, wäre er der glücklichste Mann auf Erden. Er starrte so intensiv in ihre Richtung, wie es, ohne Aufsehen zu erregen, möglich war. Gut drei Dutzend Kirchgänger hatten sich zum Gottesdienst in der russisch-orthodoxen Kirche im Kölner Stadtteil Kalk versammelt. Langsam, um ihr Zeit zu geben, doch noch zu ihm zu schauen, schritt er weiter nach Osten, zum Allerheiligsten der Kirche. Hier stand in einem halbrunden Kuppelraum der Altar. Er wollte gerade die Stufen erklimmen, als es passierte: Er rang nach Luft und fühlte kalten Schweiß auf seiner Stirn. Mühsam schleppte er sich die letzte Treppe hinauf. Im selben Moment sah er, wie der schwere Kerzenständer auf dem Altar erzitterte. Er vollführte einen kleinen Tanz, als ob ein Erdbeben ihn erschütterte. Doch da war kein Erdbeben. Der kalte Kirchenboden unter seinen Füßen bewegte sich kein bisschen. Dennoch begann auch der Kelch, der auf der Tischplatte stand, zu wackeln. Er ruckelte gefährlich nahe an den Rand des Altars. Jegor Papow flehte Gott an, dem Spuk ein Ende zu bereiten. Es konnte doch unmöglich sein, dass im Hause des Herrn solch unglaubliche Dinge geschahen. Wieder geschahen. Denn es war nicht das erste Mal. Vor einigen Wochen, bei der Taufe eines kleinen Mädchens, bei der Saschura auch anwesend war, hatte sich Ähnliches zugetragen. Das Schlimmste war während einer Beerdigung geschehen: Er würde sein ganzes Leben nicht vergessen, wie der Deckel des offenen Sarges plötzlich zuknallte.

Der Kelch hatte den Rand des Tisches erreicht. Schwankte noch ein, zwei Sekunden von links nach rechts und knallte dann mit voller Wucht auf den Boden. Der Aufprall hallte minutenlang im hohen Kirchenbau. Der Priester hörte, wie die Menschen hinter ihm aufschrien. Aber mit ihren Händen die eigenen Schreie erstickten. In die plötzliche Stille hinein sagte eine kindliche Stimme:

»Warum ist das denn umgefallen, Mama?«

»Schsch, sei still!«

Jegor Papow drehte sich um und sah, wie eine Frau ihren kleinen Sohn zum Schweigen brachte. Niemand im Gemeinderaum der Kirche sprach ein Wort. Alle schauten betroffen zu Boden. Nur ein einziges Augenpaar war auf ihn gerichtet: das von Saschura. Sie lächelte amüsiert, während sich Akula Bogdanow neben ihr wieder und wieder bekreuzigte. Der reiche, mächtige Mann, den der Priester ihr vor einem halben Jahr vorgestellt hatte, und der jetzt Saschuras Verlobter war. Er würde die beiden trauen – wenn die Vorbereitungen abgeschlossen waren und alles weiter nach ihren Plänen lief.

Kapitel 9

»Bitte schön, Ihr *Glowing Skin*, mit Baby-Blattspinat, Brennnessel und Stachelbeeren«, sagte die Bedienung und erzählte noch etwas von Bitterstoffen und Antioxidantien, die wahre Wunder für den Teint bewirken würden.

»Das macht dann sechs Euro neunzig«, schloss sie ihren kleinen Vortrag.

Kata blickte zweifelnd in das Glas vor sich. Die grüne Masse wirkte auf sie alles andere als vertrauenerweckend. Und für den Preis hätte sie fast einen Whisky bekommen. Aber Kata hatte beschlossen, den ärztlichen Ratschlägen Folge zu leisten. Sie schlief, so lange sie es im Bett aushielt. Hatte seit mehreren Tagen keinen Alkohol mehr angerührt und sich sogar bei ihrer Krankenkasse nach Therapiemöglichkeiten erkundigt. Und jetzt wartete sie auf den erlösenden Anruf. Unmittelbar nachdem der Gewerkschaftsvertreter sie über den positiven Ausgang der internen Untersuchung informiert hatte, war ihre Anwältin tätig geworden. Und hatte Antrag auf Antrag bei Gericht eingereicht und offenbar Gehör gefunden. Bitte, Göttin, lass es wahr werden! Sie kam sich selbst albern vor, wenn sie das Mantra gebetsmühlenartig wiederholte. Aber schaden konnte es vermutlich auch nicht. Und so führte Kata, während sie langsam und unwillig den dickflüssigen Saft trank, ein unhörbares Zwiegespräch mit Mächten, an die sie nicht glaubte.

Und allem Anschein nach wurde sie erhört, denn wenige Stunden später rief Erika Steil an. Kata fühlte, dass ihr Herz schneller schlug, als sie den Namen der Anwältin auf ihrem Display las.

»Hallo«, meldete sie sich.

»Guten Tag, Frau Sismann, hier spricht die Kanzlei Schröer, Steil und Partner. Ich verbinde Sie mit Frau Steil.«

In der Leitung ertönte klassische Musik, und Kata kam es wie eine Ewigkeit vor, bis sich ihre Anwältin endlich meldete.

»Hallo, Frau Sismann. Steil hier. Ich habe Nachricht vom Gericht«, sagte sie.

»Ja?«

»Es hat sich leider eine Situation ergeben, mit der wir zwar rechnen mussten. Es bestand meines Erachtens aber auch, wie ich Ihnen ja dargelegt habe, eine realistische Chance, dass es nicht dazu kommt, denn die Ergebnisse der DNA-Analyse waren ja eindeutig«, führte die Anwältin aus.

Dass Amalia Moor tatsächlich ihre biologische Mutter war und dass ihre Schilderung des absurden Experiments der beiden ehemaligen Stasi-Agentinnen vermutlich der Wahrheit entsprach, war etwas, das Kata auf später vertagt hatte. Auf eine Zeit nach der Therapie, wenn sie hoffentlich wieder in der Lage war, solche Ungeheuerlichkeiten zu verkraften. Im Moment zählte nur, dass diese gemeingefährliche Frau, die sie niemals ihre Mutter nennen würde, ihr nun tatsächlich ein Leben schenken konnte. Oder hätte können, wenn sie die umständliche Einleitung der Anwältin richtig deutete.

»Können Sie bitte zum Punkt kommen«, unterbrach sie den anwaltlichen Monolog.

»Karl-Heinz Moor, der Ehemann, hat Einspruch gegen alle unsere Anträge eingelegt. Er hat die Kanzlei Max Otto, eine extrem aggressive Kölner Großkanzlei, mit dem Fall beauftragt, und die werden uns das Leben so schwer machen, wie es juristisch nur möglich ist.«

»Aber Sie sagen doch selbst, dass dieses, dieses, wie heißt das noch mal?« Kata spürte wieder den dunklen Sog in ihr. Dass sich etwas in ihr auftat und den kümmerlichen Rest der Person, die sie einmal gewesen war, zu verschlingen drohte.

»Das Abstammungsgutachten. Ja, das ist eindeutig. Das heißt aber nicht, dass meine Standeskollegen die ganze Angelegenheit nicht unendlich in die Länge ziehen können. Ihre Chancen, vor Gericht zu siegen, stehen meines Erachtens immer noch gut. Aber es wird Jahre dauern. Zwei oder drei Jahre mindestens. Es tut mir unendlich leid, dass ich Ihnen nichts anderes sagen kann. Ich weiß ja, wie dringend Sie das Geld jetzt sofort benötigen ...«

Ohne sich zu verabschieden, legte Kata auf und rannte nach draußen.

Kapitel 10

Apollinaria Müller saß am Schreibtisch ihres Besprechungszimmers und ließ ihre Schultern kreisen. Streckte die Arme über den Kopf und dehnte die übermüdete Muskulatur. Die OP hatte länger gedauert, als sie gedacht hatte, aber dafür sah alles nach einem Erfolg aus. Die junge Kongolesin, deren Vergewaltigungsfistel sie heute operiert hatte, würde in Zukunft ein normales Leben führen können. Sie hatte die Risse zwischen Vagina und Blase schließen können, sodass der Urin der jungen Frau künftig wieder den von der Natur vorgesehenen Weg nehmen würde. Sie wartete, dass die Patientin aufwachte, damit sie ihr die frohe Botschaft persönlich überbringen konnte. Apollinaria legte die Hand auf die linke Seite ihres Kopfes und zog ihn sanft, aber stetig nach rechts. Diese Nackenschmerzen waren einfach unerträglich. Vielleicht würde sie es heute Abend zum Yoga schaffen. Die Zehnerkarte, die sie vor Monaten gekauft und nie genutzt hatte, war vermutlich nicht unendlich gültig. Sie blickte auf den großen glitzernden Glasstein auf ihrem Schreibtisch – ein Geschenk ihres verstorbenen Vaters –

und plötzlich tauchte das mit bunten Tüchern geschmückte Yogastudio vor ihrem geistigen Auge auf: Sie sah die entrückt lächelnde Buddha-Statue und eine überdimensionale Klangschale, die der Yogalehrer während ihrer Probestunde mehrfach zum Klingen gebracht hatte. Das laute Piepen der Gegensprechanlage riss sie aus ihrem Tagtraum.

»Apollinaria, hier ist noch eine Patientin«, meldete sich ihre Sprechstundenhilfe. Apollinaria blickte auf ihre Armbanduhr: 18:40 Uhr. Verdammt.

»Schick sie rein«, beschied sie.

Einen Augenblick später stand eine ihr unbekannte Frau im Sprechzimmer. Mit ihren langen goldblonden Haaren, dem makellosen Teint und den großen, türkis schimmernden Augen war sie fraglos schön. Aber das war es nicht, was Apollinaria beeindruckte. Es war ihre Haltung: Sie wirkte unglaublich selbstsicher. Ihre Präsenz füllte den ganzen Raum und war zugleich flüchtig. Als ob sie sich machtvoll für einen Moment materialisieren würde, um im nächsten Augenblick wieder zu verschwinden. Ich muss wirklich mal ausspannen, dachte Apollinaria.

»Saschura«, sagte die Frau und streckte ihr lächelnd ihre Hand entgegen. »Saschura Jelena Solowjowa.«

Jelena – diesen Namen hätte Apollinaria für ihre Tochter gewählt, wäre es jemals so weit gekommen.

»Sind Sie Russin?«, fragte sie.

»Ja.«

»Wie wunderbar«, sagte Apollinaria und verfiel sogleich in die Sprache ihres Vaters. Die Gelegenheiten, Russisch zu sprechen, waren rar in ihrem Leben. Umso mehr freute sie sich, dass die späte Patientin eine so schöne, melodische Stimme hatte. Vermutlich konnte sie wunderbar vorlesen.

»Es tut mir leid, dass ich Sie unangemeldet überfalle, aber ich habe erst kürzlich von Ihnen erfahren und mich spontan zu einem Besuch entschlossen«, entschuldigte sich Saschura, während ihr Blick durch den Raum streifte. Etwas auf ihrem Schreibtisch weckte offenbar ihr Interesse, denn ihr Blick verweilte kurz, bevor er weiter die Umgebung scannte. Während die Frau ihre Praxis inspizierte, hatte Apollinaria Gelegenheit, das Profil ihres Besuchs zu bewundern. Sie fragte sich, was sie zu ihr geführt hatte. Wie ein Opfer erschien sie ihr nicht. Natürlich waren nicht allen Frauen ihre schmerzhaften Erfahrungen ins Gesicht geschrieben. Aber Apollinaria hatte unzählige Fortbildungen besucht, sämtliche Abhandlungen gelesen, die es in der aktuellen Opferforschung gab, und galt selbst als Expertin für Viktimologie, wenn es um Frauen aus außereuropäischen Kulturkreisen ging. Deshalb lag sie im Allgemeinen richtig mit ihrer Einschätzung.

»Sind Sie eigentlich nach Apollinaria Prokofjewna Suslowa benannt?«, unterbrach die Frau, über die so angeregt nachdachte, ihren Gedankenfluss.

»Ja«, lachte die Ärztin auf. Was für ein Vergnügen, mit einer gebildeten Russin zu sprechen. Denn tatsächlich hatte ihr Vater, in seltener Einigkeit mit ihrer Mutter, sie nach dieser unglaublichen Frau benannt: Apollinaria Prokofjewna Suslowa, die Dauergeliebte von Dostojewski, die ihn zu zahlreichen seiner weiblichen Charaktere inspiriert hatte, seinen Heiratsantrag aber zurückwies und stattdessen einen siebzehn Jahre jüngeren Mann ehelichte. Ein derart offen zur Schau gestellter Feminismus war im Russland des 19. Jahrhunderts eine Sensation gewesen. Sie hätte ewig mit Saschura Jelena plaudern können. Aber nach dem Zwölfstundentag fühlte sie sich unendlich erschöpft. Darum fragte sie direkt:

»Was kann ich für Sie tun, Saschura Jelena?«

»Darf ich Ihnen etwas zeigen?«

»Selbstverständlich.«

Ihre Patientin stand auf und hob lässig ihren auffällig gemusterten knielangen Faltenrock. Teuer, war Apollinarias erster Gedanke gewesen. Auch die Unterwäsche zog ihre späte Patientin, ohne eine Sekunde zu zögern, herunter, sodass ihr Unterleib auf Augenhöhe mit der sitzenden Ärztin war. Der Anblick, der sich Apollinaria in diesem Augenblick bot, überraschte die erfahrene Ärztin. Aber wie immer gelang es ihr, ihre Gefühle zu überspielen.

»Hier bräuchte ich eine Korrektur«, sagte Saschura nonchalant, als spräche sie von einem neuen Haarschnitt.

»Sind sie sicher?«, fragte die Ärztin zweifelnd.

»Ja. Können Sie das machen?«

»Grundsätzlich schon. Ich werde einen Kollegen hinzubitten, den ich bei *Ärzte ohne Grenzen* kennengelernt habe, und der über viel Erfahrung verfügt. Sobald ich mich mit ihm abgestimmt habe, würde ich Sie wegen eines möglichen OP-Termins anrufen. Okay?«

»Denken Sie, dass es zeitnah möglich ist? Ich stehe etwas unter Zeitdruck«, sagte Saschura.

Apollinaria fühlte ein leichtes Unbehagen, aber vermutlich hing das mit ihrer Erschöpfung zusammen. Über die Gründe für ihre Entscheidungen hatte sie die Frauen nie befragt, geschweige denn, sie in Zweifel gezogen. Das stand ihr nicht zu.

»Ich denke, dass wir das in den nächsten zwei, drei Wochen angehen können. Der Kollege betreibt eine Privatklinik in Bergisch-Gladbach und kann Arbeit an seine Angestellten delegieren« Und ist zudem immer froh, wenn er einen Tag mal kein Fett von vermögenden Hüften saugen muss, fügte Apollinaria in Gedanken hinzu.

»Das ist gut. Ich danke Ihnen von Herzen«, sagte Saschura und wandte sich zum Gehen. Sie stand schon in der Tür, als sie sich noch einmal umwandte und auf den schimmernden Stein auf Apollinarias Schreibtisch zeigte:

»Was für ein schönes Stück.«

Kapitel 11

Kata saß auf ihrem Platz an der Theke und schüttete seit gut zwei Stunden Whisky in sich hinein. Jetzt, wo alles egal war, konnte sie auch trinken, was ihr schmeckte, anstelle einer widerlichen grünen Pampe, die gesundheitsfördernd sein sollte. Welche Gesundheit? Alles in ihr schmerzte. Sie hatte so sehr gehofft, dass Amalias Geld ihr das Leben retten würde. Was ein fairer Ausgleich gewesen wäre für das, was diese Frau ihr angetan hatte. Doch jetzt war ihre letzte Chance vertan. In ihrer Verzweiflung hatte sie sogar noch versucht, Karl-Heinz Moor anzurufen. Doch sein Vorzimmer hatte ihr unmissverständlich zu verstehen gegeben, dass sie sich die Mühe sparen konnte. Fuck. Was soll ich jetzt machen? Ein sauberer Kopfschuss ist vermutlich das Beste. Aber wann? Wie lang gebe ich mir noch?

Während Kata mit sich selbst diskutierte, hatte sich die Bar gefüllt. Sie spürte männliche Blicke auf ihrem Rücken. Vermutlich wanderten sie zum Bund ihrer Jeans. Dort eröffneten sich Einblicke auf ihre Pobacken. Kata besaß nur tief sitzende Hüfthosen, die oft mehr enthüllten als verdeckten. Ihr Körper, den sie fünfundzwanzig Jahre lang täglich trainiert hatte, zeigte im Gegensatz zu ihrem Hirn keinerlei Abnutzungserscheinungen, und sie präsentierte ihn noch immer voller Stolz. Das letzte Mal, als sie ihren Körperfettanteil hatte messen lassen, war er zwar ein wenig angestiegen, aber unwesentlich. Von sechzehn Prozent auf, auf ... Kata wusste es nicht mehr und wollte nur noch schreien. Sie brauchte Abwechslung. Dringend. Unter den Männern, die sie abcheckten, befand sich ein junger, schlaksiger Typ, der sie mit seinen strohblonden Haaren an Kilian erinnerte. Quasi-Inzest. Das wäre doch mal was anderes. Kata lachte auf und fragte den jungen Typen:

»Willst du ficken?«.

Der Gesichtsausdruck des vielleicht fünfundzwanzigjährigen Hipsters wechselte von Überraschung zu Unsicherheit, schließlich wandte er sich ab und verließ fluchtartig das Lokal.

»Verdammtes Weichei«, nuschelte Kata.

»Ich würde das Angebot dankend annehmen«, sagte ein dunkelhaariger Typ, der nur wenige Meter entfernt stand und die Szene offenbar beobachtet hatte.

»Na, dann komm«, sagte Kata. Sie stand von ihrem Barhocker auf, ergriff die Hand des Typen und zog ihn Richtung Ausgang. Sie wollte gerade die Tür öffnen, als sich ein eiserner Griff um ihren Arm schloss. Irritiert blickte sie auf und sah in das grobe Gesicht eines Glatzkopfes.

»Massimo erwartet dich«, sagte der hässliche Schrank.

»Danke für das freundliche Angebot«, antwortete Kata, »aber ich habe gerade einen Ficktermin.« Sie deutete auf den Typen, der besorgt zwischen ihr und dem Glatzkopf hin- und herblickte.

»Ist Massimo dein Mann?«, fragte er.

»Bist du verrückt geworden?«, giftete sie den Typen an. Wahrscheinlich ein wenig zu energisch, denn er machte sich von ihrer Hand los und hechtete zur Tür hinaus.

»Ich hatte echt schon mal einen besseren Lauf«, seufzte Kata und drehte sich zu Massimos Schläger um. Auch wenn der Rocker knapp zwei Meter groß war, konnte sie ihn mit einem gezielten Schlag in die Knie zwingen. Sie lockerte ihre Muskulatur und manövrierte sich unauffällig in eine bessere Ausgangsposition, als Massimo hinter dem Schrank auftauchte.

»Ruhig Blut, Katalein, ich will dir nur ein Angebot machen«, sagte er mit ausgebreiteten Händen und einem Lächeln, das er offenbar für gewinnend hielt.

»Verpiss dich«, herrschte Kata den Präsidenten der Kölner Rockergruppe *New Demons* an.

»Hör dir doch zwei Minuten an, was ich zu sagen habe.«

»Für dich sind zwei Minuten noch zu viel.« Kata war über den Verlauf des Abends mehr als frustriert. Wer wusste schon, wie viele gute Abende ihr noch blieben? Wenn sie sabbernd und um Worte ringend in irgendwelchen Bars auftauchte, würde es ihr sicherlich nicht mehr gelingen, gut aussehende Typen abzuschleppen. Wobei sie offensichtlich schon jetzt damit Probleme hatte. Was für ein elender Scheiß.

»Ich gehe jetzt«, giftete sie den Mann an, der ihr kaum bis zum Kinn reichte, »und wenn deine Schläger mich zu hindern versuchen, sollten sie besser eine gute Krankenversicherung haben.«

»Sechzigtausend Euro Startgeld. Was sagst du dazu?«, antwortete Massimo ruhig.

Kata brauchte einen Moment, um die Worte des Rockerchefs zu verstehen. Bot er ihr Geld an? Für einen Boxkampf? Illegale Kämpfe, bei denen hohe Wetten abgeschlossen wurden, hatte es bereits zu ihrer aktiven Zeit gegeben. Aber damals waren die Summen weit geringer gewesen. Sechzigtausend Euro. Das wäre ein Anfang.

»Wofür genau?«

»Dafür, dass du gegen K.o.-Suzi antrittst. In unserem Vereinsheim. Zehn Runden. Wenn du gewinnst, gibt es noch eine Siegprämie von fünfzigtausend Euro. Und natürlich kannst du auf dich selbst wetten. Oder auf K.o.-Suzi, wenn du dir selbst nicht mehr über den Weg traust«, sagte Massimo und fing an zu lachen, als hätte er einen besonders guten Witz gemacht.

Kata starrte den Rockerchef, den sie stets als »quadratisch, nervig, blöd« beschrieben hatte, aufmerksam an. Er blickte ihr ruhig in die Augen, griff in seine Jackentasche, holte eine Visitenkarte heraus und drückte sie ihr in die Hand.

»Ruf mich morgen an. Ewig steht das Angebot nicht.«

Kata schwankte aus der Bar und nach Hause, wobei sie das unangenehme Gefühl hatte, beobachtet zu werden. Es knackte hinter ihr, als ob jemand auf einen Ast getreten wäre. Sie blickte sich um, konnte aber keinen Verfolger entdecken. Das Beklemmungsgefühl blieb bis zu ihrer Haustür. Am nächsten Morgen war es wie so vieles vergessen. Nur die Visitenkarte von Massimo Schreier, die sie in ihren Badezimmerspiegel gesteckt hatte, damit ihr erster Blick auf sie fiel, war von Bedeutung.

Kapitel 12

Kilian blickte erst durch die Unterlagen, die vor ihm auf dem Schreibtisch lagen, und dann zu seiner neuen Kollegin.

»Und das ist alles? Mehr hat die gesamte Befragung nicht ergeben?«, fragte er. Das Angenehme an der neuen Situation war, dass er jetzt das Sagen hatte. Zumindest vorübergehend.

»Nein«, antwortete Lisa Altmeier, »wir haben mit Nachbarn, Mitschülern und Lehrern gesprochen. Der einzige Anhaltspunkt kommt von zwei Mitschülerinnen, die mit Elena, dem gestürzten Mädchen, befreundet sind. Ich habe das am Ende extra noch mal zusammengefasst.«

»Dass das Mädchen einen Geist gesehen hat? Wollen Sie mich verarschen?«

»Ich gebe das nur weiter. Sie müssen mich deswegen nicht zur Sau machen.«

Die Neue wirkte verschnupft, was Kilian völlig egal war. Jetzt, wo der Vorwurf der Tötung nicht mehr im Raum stand, würde Kata wiederkommen. Ihre Dienstenthebung konnte nur noch eine Frage der Zeit sein. Genauso wie ihre Diensttauglichkeit. Kilian hatte in den letzten Tagen alles, was er zu Katas Krankheit im Netz finden konnte, gelesen. Heimlich, am heimischen PC. Den Verlauf hatte er danach sogar gelöscht. Sein Handy klingelte. Er wollte den Anruf schon wegdrücken, als er Katas Namen auf dem Display las.

»Ja«, meldete er sich.

»Kannst du reden?«

»Mehr oder weniger«, antwortete Kilian.

»Kannst du mir Geld leihen?«, fragte Kata.

»Was ist mit dem Erbe?«

»Sackgasse. Dafür hat Karl-Heinz Moor gesorgt.«

»Shit.«

Vorausschauend hatte Kilian die gemeinsamen Vermögenswerte mit Biggi überschlagen. Der Betrag, den er kurzfristig zur freien Verfügung hatte, war lächerlich. Und für einen Kredit aufs Haus brauchte er die Zustimmung seiner Frau – und ihrer Eltern. Ein aussichtsloses Unterfangen.

»Ich brauche nicht viel. Wenn die Quote gut ist, reichen zwei-, dreitausend Euro«, erklärte Kata.

»Wovon sprichst du? Was für eine Quote?«

»Ich habe einen Schaukampf. Und die Wetten stehen gegen mich. Wenn ich K.o.-Suzi schlage, kann ich richtig absahnen.«

»Was?« Kilian merkte, dass er schrie. Offenbar war Kata vollkommen verrückt geworden. Ein Boxkampf. Weitere Kopftreffer. Das war absurd.

»Könnten Sie bitte kurz den Raum verlassen, Frau Altmeier«, fragte er höflich und deutete mit dem Kopf zur

Tür. »Sie würden mir damit wirklich einen großen Gefallen tun. Nur fünf oder zehn Minuten. Danke.«

Mit einem vorwurfsvollen Blick stand Lisa Altmeier auf, griff betont langsam in die oberste Schublade, wo sie ihre Zigaretten aufbewahrte, und verließ wortlos das gemeinsame Büro. Kilian überlegte angestrengt, wie er Kata am ehesten zur Vernunft bringen konnte. Druck würde nur zu Gegendruck führen, und sie war immer die Stärkere gewesen. Und die weniger Zurechnungsfähige, was sich gerade mal wieder zeigte.

»Kata, bitte: In deinem Zustand ist jeder weitere Kopftreffer ein unkalkulierbares Risiko. Auch hast du seit Jahren keine professionellen Kämpfe mehr bestritten. Ich weiß nicht viel über K.o.-Suzi, aber ich nehme an, dass es Gründe für ihren Spitznamen gibt.«

Einen Moment war es still in der Leitung, und Kilian hatte die Hoffnung, dass Kata über seine Worte nachdachte. Ihre zwingende Logik erkannte. Und tatsächlich sagte sie:

»Du hast recht.«

»Das habe ich, Katharina. Es muss einen anderen Weg geben, an Geld zu kommen. Ich kann dir leider nicht viel geben. Aber als Beamtin solltest du einen Kredit bekommen.« Kilian wollte ihr weiter gut zureden, als er ein lautes Lachen hörte.

»Ein Kredit? Für eine suspendierte Polizistin, die unheilbar krank ist? Du machst Witze.«

Kilian suchte fieberhaft in seinem Gehirn nach Gegenargumenten, nach Alternativen. War da nicht letztens in der Kneipe Goldmann an ihn herangetreten?

»Erinnerst du dich an Lukas Goldmann?«, fragte er.

»Nicht wirklich«, antwortete Kata wahrheitsgemäß.

»Der Kollege, den sie vor ein paar Jahren gekickt haben und der jetzt diese Sicherheitsfirma betreibt. Der sucht Leute und zahlt gut. Er hat mich vor ein paar Wochen angesprochen.«

»Das alles braucht Zeit. Und die habe ich nicht.« Kata klang entschieden. Und Kilian zunehmend verzweifelt:

»Stattdessen lässt du dir lieber dein Hirn zu Brei schlagen. Du hast doch keine Chance gegen diese Boxerin. Wenn du wieder in der Uniklinik landest, werde ich dich jedenfalls nicht besuchen.«

Tut, tut, tut. Kata hatte aufgelegt.

Einen Moment starrte sie ihr Smartphone an, als ob es ihr Antworten geben könnte. Sie wusste natürlich, dass Kilian recht hatte. Ihre Chancen standen schlecht. K.o.-Suzi hatte noch letztes Jahr Wettkämpfe absolviert und verdankte ihren Spitznamen einer beachtlichen Reihe von Siegen. Aber sie war nie die Schnellste gewesen. Hatte sich immer auf ihre Schlagkraft verlassen. Hier würde Kata ansetzen. Und eines hatte Kilian nicht verstanden: Sie hatte nichts mehr zu verlieren. Ohne Therapie gab es kein Leben für sie. Sie musste alles auf eine Karte setzen. Und vielleicht hatte sie ja sogar noch ein Ass im Ärmel.

Kapitel 13

Kurz vor sieben verabschiedete Apollinaria Müller ihre letzte Patientin. Sie ging in den Waschraum der Praxis und machte sich für die Feier zurecht. Trotz Wimperntusche, Rouge und Abdeckcreme blieb das Ergebnis verheerend. Sie grimassierte vor dem Spiegel und streckte sich selbst die Zunge heraus. Aber was hatte sie erwartet? Dass Siebzigstundenwochen keine Spuren hinterließen? Sie inspizierte ihr Gesicht im fahlen Licht des Waschraumes: Die Nasolabialfalten umschlossen ihren Mund wie ein Rahmen. Ein äußerst geschmackloser Rahmen, wie sie fand. Und die Furche zwischen ihren Augenbrauen erinnerte mittlerweile an einen Graben. Ein Schützengraben, in denen sich Ameisen vor angreifenden Käfern verstecken konnten. Ich sollte wirklich mal Urlaub machen, dachte Apollinaria. Und tatsächlich erschien das auf einmal eine realistische Option zu sein. Gestern hatte sich eine junge Ärztin mit ukrainischen Wurzeln in der Praxis vorgestellt, die bereit war, pro bono einige Wochen im Jahr zu arbeiten. Ein unglaublicher Glücksfall, der auf Vermittlung der regionalen *Terre des*

Femmes-Gruppe zustande gekommen war. Und das war so viel wichtiger als die Tiefe ihrer Falten. Sie griff zu einem Lippenstift, den sie in der Schublade entdeckte, kratzte die halb eingetrockneten Reste aus dem Gehäuse, trug sie auf und war von dem Ergebnis positiv überrascht.

»Ich fahre jetzt. Willst du wirklich nicht mitkommen?«, rief sie in den leeren Flur.

»Nein, ich habe doch ein Date. Das erste seit Wochen. Du wirst dich ohne mich amüsieren müssen«, antwortete ihre Sprechstundenhilfe.

»Okay. Viel Spaß mit dem Typen – hoffentlich sieht der annähernd so aus wie auf dem Foto.«

Apollinaria trat auf den kleinen Parkplatz vor der Praxis und atmete die laue Luft des Spätsommers ein. Ihr Smart stand als einziger Wagen verlassen auf dem Grundstück. Sie wollte einsteigen, als ihr Blick auf die Reifen fiel. Sämtliche Luft war aus ihnen gewichen, und die Radkappen hingen direkt auf dem Asphalt. Fuck, fuck, fuck. Apollinaria fühlte Wut in sich aufsteigen. Wut auf die Männer, die immer unverfrorener versuchten, sie einzuschüchtern. Aber das würde ihnen nicht gelingen. Niemals. Einen Moment überlegte sie, die Polizei zu rufen. Aber natürlich würde das nichts bringen. Die Beamten würden nur wieder zur Vorsicht mahnen. Und auf das hohe Gefahrenpotenzial hinweisen, das mit ihrer Arbeit einherging. Dass sie Frauen von grausamen Schmerzen befreite. Ihnen erlaubte, Lust zu empfinden und ein Gefühl für den eigenen Wert zu entwickeln, brachte Väter, Ehemänner und Brüder gegen sie auf. Tragischerweise auch Mütter und Beschneiderinnen, die von dieser barbarischen Praxis lebten. Die Rekonstruktion weiblicher Genitalien war Apollinarias Spezialgebiet. Wo zuvor Messer, Klingen und Scherben ein Schlachtfeld angerichtet hatten, baute sie zerfetzte Klitorides und Schamlippen wieder auf. Äußerlich war danach kein Unterschied mehr zu erkennen. Und auch die Narben auf der Seele konnten in einigen Fällen tatsächlich heilen. Die Promotionsfeier von Laila al-Aswani, zu der sie gerade fahren wollte, war dafür der beste Beweis. Apollinaria war unendlich stolz auf das *summa cum laude* ihrer früheren Patientin. Und deshalb sollte ich mich jetzt auch beeilen, dachte sie. Ganz kurz erwog sie, ein Taxi zu rufen, aber das würde womöglich schon bei der Anfahrt im Feierabendverkehr stecken bleiben. Zu Fuß durch den Grüngürtel kam sie vermutlich schneller nach Ehrenfeld. Schöner auf jeden Fall. Sie kramte in ihrer Handtasche und zog das Headset ihres Smartphones heraus: musikalische Untermalung zur Temposteigerung. Zufrieden mit ihrer Entscheidung, schritt sie über die Venloer Straße und bog auf den Trampelpfad im Grüngürtel ab. Verliebte Pärchen picknickten. Familien spielten Fußball. Und Sonnenanbeter suchten die letzten wärmenden Strahlen. Es war ein friedvoller Anblick. Beschwingt von der Musik, beschloss Apollinaria, die große Runde zu gehen. Das war zwar ein kleiner Umweg, aber sie lag gar nicht so schlecht in der Zeit. Womöglich würde sie es sogar pünktlich bis 20 Uhr schaffen. Pfeifend spazierte sie den Herkulesberg hoch und ging dann die Schleife zu den langen Treppen, die viele Sportler nutzten. Auch jetzt kam ihr in atemberaubendem Tempo eine Frau entgegen. Obwohl sie gerade erst die gut siebzig Stufen hinaufgelaufen war, atmete sie ruhig und gleichmäßig. Apollinaria blickte der schlanken Gestalt für einen Moment anerkennend hinterher. Nur wenige Sekunden später sah sie die Läuferin wieder. Offenbar hatte sie knapp hinter ihr kehrtgemacht, um die Treppen erneut zu laufen. Die Frau brauchte vielleicht dreißig Sekunden, um unten anzukommen und nur wenig länger, um hochzusprinten. Unglaublich, dache Apollinaria. Das sieht nach Hochleistungssport aus. Sie rechnete fest damit, dass sie jeden Augenblick wieder von hinten überholt werden würde, als sie eine Hand auf ihrer Schulter spürte. Erschrocken fuhr sie herum und blickte in das nur leicht gerötete Gesicht der Läuferin. Ihr dunkles, glänzendes Haar war zu einem wippenden Pony zusammengebunden, und ihre Züge hatten etwas Hartes, Entschlossenes an sich, als ob sich die Frau auf den Kampf ihres Lebens vorbereitete. Sie sah, dass die Treppenläuferin etwas zu ihr sagte, verstand wegen der lauten Musik aber kein Wort. Eilig zog sie die Kopfhörer herunter.

»Entschuldigen Sie, was haben Sie gesagt?«

»Ich habe gesagt, dass Ihnen jemand hinterherschleicht und Sie besser vorsichtig sein sollten«, antwortete Kata.

Kapitel 14

Kata betrat die große Halle. Der vertraute Geruch aus Schweiß und Schmerz schlug ihr entgegen. Links von ihr war die *Wall of Fame*: Dutzende gerahmte Bilder hingen hier. Boxer mit zerschundenen Gesichtern, gereckten Armen und Trophäen in den Händen. Einige der Bilder zeigten sie selbst. Siegestrunken blickte sie in die Kamera. Kata hatte Schwierigkeiten, sich auf den Fotos wiederzuerkennen. Einem oberflächlichen Betrachter wären womöglich keine Unterschiede aufgefallen, denn äußerlich hatte sie sich kaum verändert. Aber ihr Blick war ein anderer. Er hatte seine Härte verloren und war ruhelos, in manchen Momenten sogar orientierungslos geworden. Darum setzte Kata ihre Sonnenbrille auf, als sie das Boxstudio betrat, in dem sie früher jahrelang trainiert hatte. Sie wollte nicht, dass irgendjemand sie ansprach. Schnell, ohne nach rechts und links zu schauen, ging sie in den hinteren Bereich der Halle, wo sie Bos vertraute Gestalt erblickte. Für ein paar Augenblicke bewunderte sie seinen leichtfüßigen Tanz. Bo Jängers, der frühere Profi-Boxer und Besitzer des Studios, trainierte einen jungen Typen und entdeckte Kata erst nach einigen Minuten. Er unterbrach das Training und wandte sich ihr zu.

»Katharina, das nenne ich eine Überraschung. Was führt dich nach so langer Zeit hierhin?«

Kata reckte sich nach oben und drückte Bo einen Kuss auf die feuchte Wange. So dicht vor ihm sah sie seine Falten und Tränensäcke, doch wer ihn im Ring erlebte, würde niemals glauben, dass er schon über sechzig war.

»Ich brauche deine Hilfe«, sagte Kata.

»Das kann ich mir denken«, erwiderte Bo.

»Dann weißt du Bescheid?«, fragte Kata.

»Ja. Ich und wahrscheinlich die ganze Halb- und Unterwelt der Stadt. Ich habe lange nicht mehr erlebt, dass so viele Wetten auf einen einzigen Kampf abgeschlossen wurden.«

»Ist das gut oder schlecht?«

»Das solltest du mir sagen. Warte einen Moment.«

Bo Jängers trat zu dem jungen Typen im Ring, erklärte ihm offenbar die Situation und wandte sich dann wieder Kata zu.

»Komm, lass uns in mein Büro gehen.«

Kata schob ein verschwitztes T-Shirt vom Besuchersessel und ließ sich in das braune Ledermonster fallen. Vor fünfzehn Jahren hatte sie ihn noch als *used* durchgehen lassen; mittlerweile war der Sessel einfach nur noch abgewetzt. Kata wunderte sich, dass ihr das überhaupt auffiel.

»Warum lässt du dich auf den Kampf ein, Kata?«, fragte Bo, während er sie zweifelnd musterte.

»Ich brauche das Geld«, antwortete sie wahrheitsgemäß.

»Klingt nach Straßenstrich«, versetzte Bo.

Kata musste lachen. Bos Direktheit hatte sie immer als erfrischend empfunden.

»Massimo hat mir sechzigtausend Euro Startgeld geboten. Und noch einmal fünfzigtausend, wenn ich siege.«

Bo nickte. Wirkte aber alles anders als überzeugt.

»Ich muss dich sicher nicht erinnern, dass es damals verdammt knapp war. Du hättest auch sterben können.«

In Kata zog sich alles zusammen. Das Dunkle, Bedrohliche, das irgendwo in ihrem Inneren lauerte, regte sich. Griff nach den Resten ihrer geistigen Gesundheit und forderte seinen Tribut.

Irgendwann in den Tagen nach dem verlorenen Titelkampf im Weltergewicht war dieses Biest geboren worden. Aus Blut, Schweiß und Tränen. Natürlich hatte sie 2009 noch nicht gewusst, dass sie an CTE erkranken würde – oder vielleicht sogar schon erkrankt war. Dass das Trommelfeuer ihrer Gegnerin, das auf ihren Kopf niederging, die Ursache für ihre Boxerdemenz war. Sie war damals so stolz auf ihre Siegesserie gewesen. Hatte kaum jemals einen ernsthaften Kopftreffer einstecken müssen, weil sie einfach zu schnell für ihre Kontrahentinnen war. Sie stöhnte auf.

»Was ist los?«, fragte Bo.

»Ich frage mich, ob ich überhaupt eine Chance gegen K.o.-Suzi habe«, sagte Kata.

»Unter normalen Umständen wohl eher nicht«, sagte Bo nachdenklich.

»Aber?«, fragte Kata nach.

»Irgendetwas stimmt mit ihr nicht. Sie hat ihre Karriere

letztes Jahr ein wenig zu abrupt beendet. Wie alt ist sie? Sechsundzwanzig? Siebenundzwanzig?«

»Hast du eine Idee, was mit ihr los sein könnte?«

»Nein, aber wir werden es herausfinden. Deine einzige Chance ist, sie müde und mürbe zu machen.«

Bo öffnete seinen Laptop, der seltsam neu und modern in der angestaubten Welt wirkte.

»Lass uns ihre Kämpfe analysieren und eine Strategie entwickeln.«

»Dann bist du wieder in meiner Ecke?«

»Immer, Kata, immer.«

Kapitel 15

Unter lautem Johlen und Klatschen betrat K.o.-Suzi die Halle. Aus den Lautsprechern dröhnte *Welcome To The Jungle*. Kata hatte das Lied von Guns n' Roses noch nie gemocht. Aber offensichtlich war es K.o.-Suzis Einlaufmusik. In einen knallroten Satinmantel gehüllt, schritt sie aufreizend langsam den Gang entlang. Reckte die schweren Fäuste. Zielte auf eine der Kameras und stoppte den Schlag erst in letzter Sekunde. Links und rechts von ihr gingen zwei Männer; hinter ihr ein dritter, der ihren goldglänzenden Weltmeisterinnengürtel von 2017 gut sichtbar über aller Köpfe trug. K.o.-Suzi schien jeden Augenblick zu genießen. Sie posierte für Fotos und stieß wilde Drohungen gegen ihre Gegnerin aus.

Währenddessen wartete Kata mit ihrer Eskorte. Die Bänke um den Ring waren drängend voll mit Menschen. Große, grobschlächtige Kerle, platinblonde Frauen an ihrer Seite. Die Männer riefen und pfiffen, wurden an Lautstärke von ihren dürren, leicht bekleideten Frauen aber mühelos übertroffen.

»Stirb, Schlampe«, spie eine von ihnen Kata entgegen.

Bo schob die Frau beiläufig wieder zurück auf die Bank. Dann ertönte:

»Politicians, sit yourselves down
There's nothing for you here
Won't you please come to Chicago
For a ride?««

Welcome to Chicago von Qwel&Maker. Katas erster Auslandskampf hatte vor bald zwanzig Jahren in Chicago stattgefunden. Und mit einem bravourösen Sieg in der ersten Runde geendet. Kata war damals gerade achtzehn geworden. Und hatte sich als Herrin der Welt gefühlt. Mit jedem Ton, mit jedem Wort brandeten alte, längst vergessene Gefühle in ihr auf. Wie Wellen strömten sie durch ihren Körper. Rüttelten sie auf und ließen sie lebendig werden. Die Außenwelt mit den hässlichen, hassverzerrten Gesichtern verblasste. Kata spürte nur noch sich selbst. Die Frau, die ihr ganzes Leben lang trainiert hatte. Die gelaufen war, wenn andere schliefen. Gewichte an Heiligabend stemmte. Und Seil sprang, während der Fernseher lief. Sie hatte so lange und so hart gekämpft, dass sie jetzt nicht aufgeben würde. Sie musste heute Abend gewinnen und sich dann dem eigentlichen Kampf stellen. Dem Kampf gegen den heimtückischen Feind in ihrem Kopf. Sie war Katharina die Große. Und genauso, wie sie früher Dutzende Boxerinnen ausgeknockt hatte, würde sie auch K.o.-Suzi auf die Bretter schicken. Die Musik brach ab. Kata war wieder in der zugigen Mehrzweckhalle. Hörte die anzüglichen Kommentare der Männer. Sah ihre obszönen Gesten. Selbst Massimo hatte Mühe, die Meute zum Schweigen zu bringen.

»Männer, Männer, ich bitte euch, lasst uns sportlich bleiben. In der rechten Ecke seht ihr Suzanne Kira Eber. Achtundzwanzig Jahre. Einhundertneunundsiebzig Zentimeter. Siebzig Kilo. Weltmeisterin im Superweltergewicht nach den Statuten der International Boxing Federation.«

»K.o.-Suzi. K.o.-Suzi. K.o.-Suzi,« skandierte eine Gruppe von Rockern, die hinter Suzis Ecke saß.

»Und in der linken Ecke. Katharina die Große, Sismann. Einhundertsiebenundsiebzig Zentimeter. Siebenunddreißig Jahre. Und – Katalein, wie schwer bist du eigentlich?«

Plötzlich wurde es ganz still in der Halle. Als ob ihr Gewicht von ungeahnter Bedeutung für die Anwesenden wäre.

»Ist doch scheißegal«, murmelte Kata.

»Was hast du gesagt?« Massimo nahm seine Rolle als Box-Promoter sehr ernst.

»Sechsundsechzig Kilo«, sagte Bo schnell.

»Also: Sechsundsechzig Kilo. Ungeschlagen, wenn man von einem kleinen Missgeschick vor ein paar Jahren einmal absieht.«

Eine Bierflasche zerschellte geräuschvoll auf dem Boden.

»Möge die Bessere gewinnen.«

Kaum hatte Massimo die letzten Worte ausgesprochen, stürmte K.o.-Suzi vor: Jab, rechter Aufwärtshaken, linke Gerade. Kata wollte vor Erleichterung lachen. Ihre Gegnerin spulte ein einstudiertes Programm ab. Mit Bo hatte sie in den letzten Tagen Dutzende ihrer Kämpfe studiert, die alle nach dem gleichen Muster abgelaufen waren. Problemlos wich sie den Schlägen aus. Tanzte um ihre Gegnerin herum, die sofort nachsetzte. Wieder tauchte Kata weg. Buhrufe wurden laut. Und Gegenstände flogen in Richtung des Rings.

»Bleib endlich stehen und kämpf«, grölte eine Halbweltgröße in der ersten Reihe. Kata starrte in Suzis Gesicht. Und hoffte auf die ersten Ermüdungserscheinungen. Auf Schweißperlen, die ihre Probleme verrieten. Doch da war nichts. Mein Gott, nachher ist sie gesund, dachte Kata. Noch nie hatte sie den Gong so sehr herbeigesehnt. Aber natürlich gab es bei dem illegalen Hinterhof-Fight keinen Gong. Auch keinen Ringrichter, der diesen Namen verdient hätte. Es gab nur sie und Bo, der in ihrer Ecke stand.

Sie musste eine Millisekunde zu lang in Bos Richtung geschaut haben, denn in der nächsten sah sie plötzlich Suzis Faust vor sich. Eine rechte Gerade, mit der sie nicht gerechnet hatte.

Kata schaffte es, den Kopf im allerletzten Augenblick herumzureißen. So traf der Schlag sie nicht frontal, sondern streifte nur ihre linke Gesichtshälfte. Ein stechender, alles beherrschender Schmerz, den Kata schon lange nicht mehr gespürt hatte, schoss von ihrer Wange ins Ohr. Das Blut rauschte. Kata wurde schwindelig. Sie taumelte zurück. Blieb in den Seilen hängen. Sofort setzte K.o.-Suzi nach. Ihre rechte Schlaghand holte Schwung, um Katas Gesicht zu zertrümmern. Die Faust schoss vor. Und Kata duckte sich weg. Da nichts den gewaltigen Schlag stoppte, geriet K.o.-Suzi ins Straucheln. Verfing sich für einen Moment in den Seilen. Kata, die hinter ihr wieder aufgetaucht war, hieb ihr die Fäuste wieder und wieder in die Nieren. Jab, Gerade, linker Haken. Aufstöhnend befreite sich ihre Gegnerin aus den Seilen. Eine unkoordinierte Folge von Schlägen ging auf Kata nieder, die keine Mühe hatte, sie abzuwehren. Da, da ist es, endlich, dachte Kata und fühlte unendliche Erleichterung. Bo hatte einen Krankenpfleger der Uniklinik, der bei ihm trainierte, dazu gebracht K.o.-Suzis Krankenakte einzusehen: Myokarditis. Der Fachbegriff hatte ihr zuerst wenig gesagt. Aber was eine Herzmuskelentzündung für eine professionelle Boxerin bedeutete, wusste sie natürlich. Und auch, warum die junge Frau nach der Diagnose ihre aktive Laufbahn so abrupt beendet hatte. Bis sie aus unerfindlichen Gründen für diesen Showkampf wieder in den Ring gestiegen war. Genauso wie sie selbst.

Suzis Atem ging jetzt laut und röchelnd. Ströme von Schweiß liefen über ihr Gesicht, dessen Farbe von Knallrot zu Kalkweiß wechselte. Die kriegt jeden Augenblick einen Herzinfarkt – in dem Moment, in dem sich der Gedanke in Katas Hirn festigte, fielen ihre Arme herunter. Einer kranken Frau die Faust ins Gesicht zu rammen, brachte sie nicht über sich. Diesen unverhofften Glücksfall ausnutzend, gelang es der taumelnden Suzi noch einmal, ihre Standard-Kombination anzubringen, und Kata wurde von drei Schlägen voll getroffen. Einen Moment schaffte sie es, aufrecht zu bleiben. Dann setzte ein unerträglicher Schwindel ein, und sie spürte, wie ihr Körper auf die Bretter schlug. Blut floss in ihre Augen. Alles wurde schwarz. Kata konnte nichts mehr hören. Nichts mehr sehen. Sie hörte auf zu existieren.

Kapitel 16

»Sie ist aufgewacht«, sagte Lisa Altmeier.

»Wer?«, fragte Kilian.

»Elena Walijewa, das russische Mädchen. An wen hast du denn gedacht?«

An Kata. Aber das musste die Neue nicht wissen. Sie war vor ein paar Tagen dazu übergegangen, ihn zu duzen. Und natürlich konnte er sie nicht weiterhin siezen, nur weil er sich über ihre Anwesenheit ärgerte. Letztlich war es nicht ihre Entscheidung gewesen, Katas Platz einzunehmen, sondern die von Dirk Derisoire, dem Leiter der Mordkommission. Und nach dem, was gestern geschehen war, würde Kata womöglich nie wieder an ihren angestammten Platz zurückkehren. Kilian hatte sich in letzter Minute in die übervolle Halle in Köln-Kalk gequetscht und bis jetzt nicht verstanden, was im Ring geschehen war. Kata hatte die Chance gehabt, ihre Gegnerin niederzustrecken und sie vertan. Vorher erschien ihm ihr Kampf, ihr sensationelles Reaktionsvermögen wie immer. Aber vielleicht versagte ihre Motorik? Oder sie hatte für einen Moment krankheitsbedingt die Orientierung verloren? Er wusste es nicht. Nur dass sie direkt nach dem Knock-out in der Uniklinik eingeliefert worden war und es ihm vor dem Wiedersehen graute.

»Sollten wir nicht langsam losfahren?«, fragte seine Kollegin.

»Natürlich. Hast du beim Jugendamt angerufen? Ohne die werden wir die Minderjährige nicht befragen dürfen.«

»Treffen wir vor Ort.«

Elena Walijewa saß aufrecht in ihrem Bett. Ihre Wangen schimmerten rosig, und ihre Verbände waren bereits durch Pflaster ersetzt worden. Die Selbstheilungskräfte eines jungen Körpers, dachte Kilian. Kata, da machte er sich keine Illusionen, würde nichts Vergleichbares erleben. Sie hatten sich mit der Mitarbeiterin des Jugendamtes schnell verständigt. Die kurze Zeit, die ihnen bis zum Eintreffen der Eltern blieb, musste genutzt werden. Lisa Altmeier machte dem Mädchen Komplimente zu ihrem Aussehen. Was zweierlei zur Folge hatte: noch mehr Rot auf den Wangen und eine gewisse Gesprächsbereitschaft.

»Dann erzähl uns doch mal genau, wie es zum Sturz gekommen ist, Elena«, sagte Lisa Altmeier.

»Ich habe einfach den Halt verloren«, sagte das Mädchen.

»Hast du denn vorher irgendetwas gesehen oder gehört, das dich erschreckt hat?«

Elena dachte einen Augenblick nach. Blickte auf ihr rechtes Handgelenk, das immer noch verbunden war, und dann an Lisa Altmeier vorbei auf die Wand.

»Nein, gar nicht. Vielleicht war es rutschig. Ja genau, es war vom Regen rutschig. Ich hätte einfach nicht herumklettern sollen.«

Das Mädchen log. Aber warum? Wovor fürchtete es sich? Etwa tatsächlich vor den Geistern, die ihre Mitschülerinnen erwähnt hatten? Das war doch absurd. Kilian war kein Experte für Jugend- und Sektenarbeit. Aber an Elena Walijewa deutete nichts auf Okkultes hin. Jugendliche, die der sogenannten »Schwarzen Szene« anhingen, zeigten das in ihrem Äußeren: in ihren Klamotten, dem Make-up und Schmuck. Davon war das schüchterne, liebe Mädchen Lichtjahre entfernt. Genauso wie ihr Umfeld, das sie vernommen hatten. Dass sie die Geschichte mit dem Vogelkäfig, die ihre Eltern ihnen bei der Vernehmung erzählt hatten, nicht einmal erwähnte, sprach auch Bände. Sollte sie von ihrem Vater oder der Mutter gestoßen worden sein? Er wollte sich gerade mit der Mitarbeiterin des Jugendamtes absprechen, als die Tür aufflog und die gesamte Familie Walijew den Raum stürmte. Eltern und Kinder weinten, umarmten und küssten einander. Das Mädchen ließ keinerlei Zögern erkennen, als der bullige Vater sie mit seinen vom vielen Training aufgepumpten Oberarmen umarmte. Kilian sah Tränen in seinen Augen, die er wegzublinzeln versuchte. Entweder hatten sie es mit begnadeten Schauspielern zu tun, oder die deutsch-russische Familie war genauso harmlos, wie es den Anschein hatte. Kilian tendierte zu Letzterem.

Eine halbe Stunde später saß er mit seiner neuen Kollegin immer noch in der spätsommerlichen Sonne vor der Uniklinik und diskutierte, wie sie weiter vorgehen sollten.

»Die Priorisierung ihres Falles dürfte hinfällig sein«, sagte Lisa.

»Fraglos. Aber ich würde schon gerne wissen, warum die Eltern gelogen haben und der Priester diesen Hokuspokus in der Wohnung veranstaltet hat. Eine Verbindung zur ›Schwarzen Szene‹ erscheint mir allerdings ziemlich abwegig.«

»Mir auch.«

»Ich hasse unerledigte Fälle«, seufzte Kilian. »Kannst du alleine zurückfahren? Ich muss hier noch etwas erledigen.«

Dank seiner Dienstmarke fand Kilian schnell das richtige Zimmer. Er öffnete die Tür und sah Bo Jängers an Katas Bett sitzen.

»Bo«, grüßte er den älteren Mann.

»Kilian. Setz dich.«

»Wie geht es ihr?«, fragte Kilian.

»Nicht gut«, antwortete Bo.

»Gibt es eine Prognose, wann sie aufwachen wird?«

»Sie war eben kurz wach. Ich habe ihr den Umschlag mit den sechzigtausend Euro Startgeld gezeigt, den Massimo mir nach dem Kampf gegeben hat. Und sie hat ›zu wenig‹ gesagt. Wofür zu wenig, Kilian?«

»Das ... das kann ich dir nicht sagen. Du musst sie selbst fragen, wenn sie wieder bei Bewusstsein ist.«

»Okay«, sagte Bo und bedrängte ihn nicht weiter.

Kapitel 17

Jegor Papow blickte sich ängstlich um, bevor er die Tür hinter seinem Besuch schloss. Seine Dienstwohnung lag unmittelbar neben der russisch-orthodoxen Kirche und hätte nicht gegensätzlicher sein können: Dort goldener Prunk, hier leere weiße Wände. Bei seinem Einzug hatte sich der Priester vorgenommen, aus dem kleinen Häuschen einen wohnlichen Ort zu machen; ihn mit modernen Annehmlichkeiten und Bildern aus der Heimat auszustatten. Doch irgendwie war er nie dazu gekommen. Und seitdem ihr Plan feststand, gab es für Verschönerungsmaßnahmen keinen Grund mehr. Seine Tage in Köln waren gezählt. Genauso wie seine Tage als Hirte der orthodoxen Gemeinschaft. Er fühlte ein leises Bedauern, all die guten, gottesfürchtigen Menschen im Stich zu lassen, aber dieses Gefühl war nichts gegen die unbändige, alles überlagernde Freude, die er in jeder Sekunde empfand, wenn er an die Zukunft dachte. Eine solche Liebe kann nur mit Gottes Zustimmung existieren – das sagte er sich immer wieder, insbesondere nachts, wenn er wach lag und ihn Zweifel überkamen. Ihr Plan war im höchsten Maß gefährlich. Sollte er entdeckt werden, wäre ihm ein grausamer Tod gewiss. Aber das ängstigte ihn weniger als das, was sie zu tun gedachten. Denn auch sie planten einen Tod den eines zutiefst bösen Menschen. Wie der Antichrist brachte die Person nur Leid und Not über die Welt. Nahm sogar, ohne zu zögern, unschuldige Leben. Aber galt nicht trotzdem das göttliche Gebot: Du sollst nicht töten?

Er musste laut aufgestöhnt haben, denn er sah ein amüsiertes Lächeln auf dem Gesicht seines Besuchs.

»Leidest du wieder?«, fragte sie süffisant.

»Wie ist die Untersuchung gelaufen?«, fragte er zurück, ohne auf ihre Spitze einzugehen. Diese kleinen Nadelstiche war er von ihr gewohnt. Sie hatte schon immer eine Schwäche für scharfe Worte und Gegenstände gehabt. Aber auch dafür liebte er sie. Zeugte es doch von ihrer Geistesgegenwart und ihrem Mut.

»Die Ärztin hat heute angerufen und mit mir einen Termin für nächste Woche vereinbart«, sagte sie nonchalant, als ob sie von einer Selbstverständlichkeit sprechen würde. Sie lachte laut und unbeschwert. Woher nahm diese Frau ihre Kraft? Er hatte sich schon so oft gewünscht, mehr von ihrer Unbekümmertheit zu besitzen. Noch trennten sie Welten, doch er wusste, dass ihre Gesellschaft auf ihn abfärbte. Ihr verdankte er seine mutigsten Momente. Situationen, in denen er weit über das hinausgewachsen war, was Gott ihm ursprünglich zugedacht hatte.

Kapitel 18

Nach vier Tagen in der Uniklinik hatte Kata sich selbst entlassen. Seither war ihre Welt nur noch schwarz. Sie saß tatenlos in der Wohnung herum. Essensreste mehrerer Lieferdienste stapelten sich in der Küche und rochen unangenehm, aber sie fühlte sich außerstande, den Müll hinunterzubringen. Oder die Fenster zu öffnen. Wofür auch? Sie starrte seit mehreren Stunden auf die Pistole in ihrer Hand. Ihre Dienstpistole hatte sie abgeben müssen, aber auch die alte Walther PPK, die Kata auf dem Schwarzmarkt aus früheren NVA-Beständen erworben hatte, würde ihren Zweck erfüllen. Sie musste sie nur in die Hand nehmen, den Finger an den Abzug legen und abdrücken. Das war kinderleicht, wie sie wusste. Sie hatte unzählige Male im Schießstand geschossen und rund ein Dutzend Mal im Dienst. Sie kannte keine Scheu vor Waffen. Und der rostige graue Stahl der Walther PPK lag gut in ihrer Hand. Worauf soll ich noch warten?, fragte sie sich selbst. Es wird kein Wunder geschehen. Mit den sechzigtausend Euro, die Bo ihr in einem Umschlag überreicht hatte, würde sie in der

Bostoner Klinik nicht einmal einchecken, geschweige denn die Therapie beginnen können. Umgerechnet gut hunderttausend Euro waren der Einstiegspreis, das ging aus dem Mailverkehr mit der Einrichtung eindeutig hervor. Ihr Handy klingelte. Wieder Kilian. Sie ignorierte ihn, wie die Male zuvor. Warum auch mit ihm sprechen? Wahrscheinlich würde er ihr sagen, dass er sie gewarnt hatte. Dass sie ohnehin chancenlos gewesen war. Doch das stimmte nicht. Seit Tagen versuchte sie, die Ereignisse im Ring zu rekonstruieren. Puzzlestück für Puzzlestück in ihrem desolaten Hirn zusammenzusetzen. Warum hatte sie in letzter Sekunde, als der Sieg bereits sicher schien, aufgegeben? Sie konnte sich erinnern, dass sie K.o.-Suzi müde getanzt und in die Enge getrieben hatte. Aber warum war es dann anders gekommen?

Wie konnte es sein, dass sie in den alles entscheidenden Sekunden, in denen es für sie tatsächlich um Leben und Tod ging, versagt hatte? Vier Sekunden. Drei Schläge. Ein zweites Leben. Doch sie hatte die eine Chance vertan. Kata spürte einen stechenden Schmerz an der Schläfe. Irritiert öffnete sie die Augen und sah Blut auf ihrer Hand. Offenbar hatte sie sich selbst gegen den Kopf geschlagen und dabei die Platzwunde am Auge getroffen. Blut tropfte von ihrem Kinn auf die Walther PPK in ihrem Schoß. Schönes Sinnbild, dachte sie und lachte auf. In diesem Moment piepte ihr Handy und zeigte den Erhalt einer SMS an.

Lukas Goldmann wird sich bei dir melden. Nimm sein Angebot an. Es ist eine echte Chance!

Lukas Goldmann? Von wem zur Hölle sprach Kilian? Da sie keine Lust hatte, ihn direkt zu fragen, googelte sie den Namen. Und bekam schon unter den ersten drei Einträgen die gewünschte Antwort: *Lukas Goldmann Security Cologne*. Laut seiner Vita ein Kölner Ex-Kollege. Ehemalige Polizeibeamte, die sich in der Sicherheitsbranche selbstständig machten, waren keine Seltenheit. Kata versuchte mit aller Macht, ein Bild von Goldmann heraufzubeschwören. Wenn er, wie angegeben von 2007 bis 2014 seinen Dienst in Köln versehen hatte, mussten sie sich zwangsläufig begegnet sein. Kata grübelte noch immer, als ihr Handy erneut klingelte. Dieses Mal ging sie ran.

»Sismann.«

»Kata?«, fragte eine dunkle, wohlklingende Männerstimme.

»Ja.«

»Hier ist Lukas Goldmann. Es ist zwar schon ein paar Jahre her, aber du erinnerst dich sicher an mich, oder?«

»Ja«, log Kata.

»Also dann. Ich weiß nicht, was Kilian dir schon erzählt hat: Jedenfalls brauchen wir dringend neue Leute. Insbesondere mal eine Frau in unserem Team. Kilian sagte, dass du Interesse hast?«

Kata fiel kein Grund ein, warum sie nicht weiter mitspielen sollte. Also sagte sie erneut:

»Ja.«

»Und du bist sofort abkömmlich, weil noch suspendiert, richtig?«

»Hmm.«

»Das ist gut, da ich gerade einen Vermisstenfall für

einen meiner besten Kunden bearbeite. Der wirklich, na ja, ein bisschen delikat ist. Da wäre eine erfahrene Ermittlerin Gold wert.«

»Wie viel ist Gold denn genau bei dir wert?«, fragte Kata, die nichts zu verlieren hatte.

»Gold? Ach so.« Lukas Goldmann lachte fröhlich und fuhr fort:

»Ich zahle weit über Durchschnitt. Und bin auch gerne bereit, dir einen Vorschuss zu geben. Kilian sagte, dass du für eine Erbschaftsangelegenheit in den USA dringend Geld brauchst. Die Amis sind ja wirklich extrem prozessfreudig.«

Erbschaftsangelegenheit in den USA? Kilian hatte Humor. Aber irgendwie passte es, und Vorschuss klang hervorragend.

»Ich bräuchte Minimum vierzigtausend Euro«, sagte Kata.

»Vierzigtausend? Okay, du hilfst mir bei dem Vermisstenfall und sicherst mir noch zwei weitere Jobs nach deiner Rückkehr zu. Dann passt das. Einverstanden?«

Kata nickte heftig mit dem Kopf, bis sie realisierte, dass Lukas Goldmann das nicht sehen konnte. Deshalb schickte sie noch ein »Ja« hinterher.

Kapitel 19

Der Mann hatte sich als Akula Bogdanow vorgestellt. Kata hatte Schwierigkeiten, sein Alter zu schätzen. Denn er wirkte seltsam unverbraucht. Breitbeinig und kerzengerade stand er im Raum. Die grauen Haare waren dicht und voll wie in einer Shampoo-Reklame, und selbst die Falten in seinem Gesicht änderten wenig am Gesamteindruck. Kata überlegte, woran das liegen könnte. Andere Menschen mit ergrauten Haaren und faltigen Gesichtern hielt sie zumeist automatisch für Rentner. Aber nicht diesen Mann. Laut Lukas Goldmann einer seiner besten Kunden, den sie zu Hause in seiner Rodenkirchener Villa besuchten.

»Darf ich Ihnen etwas zu trinken anbieten?«, erkundigte sich Akula Bogdanow höflich.

»Ich nehme gerne einen Schluck. Und du, Kata?«, fragte ihr neuer Boss.

»Danke, für mich nichts«, antwortete Kata, während sie weiter die Umgebung scannte. Alles, was sie sah, wirkte teuer und geschmacklos. Wuchtige braune Ledersessel. Ölgemälde in schweren Goldrahmen und das Fell eines

Zebras, das vor dem flackernden Kamin lag. Bei den lauen Temperaturen brauchte es kein Kaminfeuer, fand Kata, aber offenbar gehörte es zum Gesamtensemble. Genauso wie der unverstellte Rheinblick. Die Im- und Exportfirma, die ihr Auftraggeber betrieb und die vermutlich als Deckmantel für illegale Geschäfte diente, florierte augenscheinlich.

»Akula, bist du so freundlich und schilderst uns alles noch einmal im Detail. Wann hast du deine Verlobte das letzte Mal gesehen? Wirkte sie dabei in irgendeiner Weise verstört oder verängstigt? Hat sie womöglich familiäre oder psychische Probleme? Jeder noch so kleine Hinweis kann uns weiterhelfen«, sagte Lukas Goldmann.

Der alterslose Geschäftsmann rang sichtbar um Fassung und Worte. Dann begann er zu sprechen:

»Saschura, meine Verlobte, ist ein Engel, ein wunderschöner Engel.«

Um seine Worte zu unterstreichen, zog Akula Bogdanow eine gerahmte Fotografie heran, die auf dem Beistelltisch des Ledersofas stand. Kata nickte anerkennend. Sie hatte erwartet, dass ein solcher Mann den Typ Model wählte.

»Darf ich das abfotografieren?«, fragte sie ihren Auftraggeber.

»Selbstverständlich«, antwortete er und reichte ihr den Rahmen.

Kata nahm das spiegelnde Glas weg, machte mehrere Aufnahmen von dem Foto und war mit dem Ergebnis zufrieden. Sie steckte es wieder zurück in den Rahmen und stellte diesen dann auf den Beistelltisch. Noch einmal checkte sie ihr Handydisplay, und dabei dämmerte ihr, was sie vergessen hatte: Schnell stellte sie die Diktierfunktion ihres iPhones an, um später die Aussagen noch einmal anhören zu können. Sich allein auf ihr Gedächtnis zu verlassen war keine Option mehr.

»Können Sie uns bitte den vollständigen Namen Ihrer Verlobten, ihr Alter und ihre Anschrift nennen, oder wohnt sie hier bei Ihnen?«

»Nein, wo denken Sie hin?«

Plötzlich änderte sich die Haltung des selbstsicheren Mannes. Er sprang aus seinem thronähnlichen Sessel auf und eilte auf einen Neuankömmling zu. Als Kata ihn erblickte, hätte sie am liebsten laut losgelacht: ein Priester in einem langen wallenden Gewand, darüber baumelte ein großes goldenes Kreuz an einer langen Kette. Teilweise bedeckt von einem wild wuchernden Bart. In irgendwelchen Regionen ihres geschädigten Hirnes stimmte die 80er-Jahre-Band Dschinghis Khan *Moskau* an. Der Geschäftsmann verbeugte sich vor dem Priester und dankte ihm überschwänglich für sein Kommen.

»Das ist Jegor Papow, der Priester unserer Gemeinde«, stellte er ihn vor.

Die offensichtliche Ehrfurcht, die ihr Auftraggeber vor dem Popen empfand, amüsierte Kata. Doch zwei andere Dinge, die sie fast zeitgleich registrierte, erschienen ihr viel interessanter: Zum einen der schlecht verhohlene Widerwillen, den sie für einen Moment auf dem Gesicht von Lukas Goldmann sah, und zum anderen die tiefe Verzweiflung im bärtigen Gesicht des Priesters. Seine Augen waren rot und verquollen. Entweder litt der arme Kerl unter starkem Heuschnupfen, oder er hatte die Nacht durchgeweint. Aber warum sollte er heulen?

»Kannten Sie die verschwundene Saschura«, fragte sie den Geistlichen.

»Ja, selbstverständlich«, presste der Mann hervor, »sie ist ein aktives Gemeindemitglied. Engagiert sich im Organisationskomitee und der Frauen-Kochgruppe. Saschura ist ein Engel.«

Das haben wir schon mal gehört, dachte Kata. Scheinbar völlig grundlos war der »Engel« nach einem gemeinsamen Abendessen mit ihrem Verlobten verschwunden. Ihr Kleinwagen parkte vor ihrem Appartement, in dem nichts auf ein gewolltes oder gewaltsames Verschwinden hindeutete, wie Lukas Goldmann die Angaben des Verlobten ergänzte. Kata notierte trotzdem:

Appartement checken. Und hörte weiter zu: Saschura Jelena Solowjowa, wie die Verschwundene mit vollständigem Namen hieß, war einunddreißig Jahre alt und übersetzte russische Literatur ins Deutsche. Den wesentlich älteren Geschäftsmann hatte sie vor einem halben Jahr auf einer Gemeindefeier kennengelernt, und vor drei Wochen war Verlobung gefeiert worden.

»Ich habe sie einander vorgestellt, weil ich um die Ähnlichkeit ihrer Seelen wusste«, erklärte Jegor Papow.

»Wofür ich ewig dankbar sein werde«, sagte der Verlobte.

»Haben Sie irgendeinen Verdacht, warum sie verschwunden ist? Besteht die Möglichkeit, dass man eigentlich Sie damit treffen wollte?«, fragte Kata.

Lukas Goldmann zuckte kurz, aber Kata musste die

Möglichkeit eines Kidnappings zumindest ansprechen. Alles andere wäre unprofessionell.

»Ich habe natürlich Konkurrenten, aber eine Entführung? Unvorstellbar. Wenn ich auch nur einen Anhaltspunkt dafür hätte, würde ich sofort die Polizei einschalten«, erklärte Akula Bogdanow, während der Geistliche eifrig nickte. Kata glaubte ihm kein Wort.

»Hatte Ihre Verlobte Feinde? Schulden? Wie sieht es mit verflossenen Liebhabern aus?«, fragte sie.

Anstelle des Verlobten antwortete der Priester:

»Saschura hat keine früheren Partner. Bei uns herrscht eine andere Moral als bei Ihnen. Außerehelicher Geschlechtsverkehr ist eine Sünde«, erklärte Jegor Papow.

»Sie ist jungfräulich? Mit einunddreißig? Sie machen Witze«, versetzte Kata und sah, wie sich eine tiefe Röte über das Gesicht des Geistlichen ausbreitete.

»Nein, es ist, wie ich sage. Akula ist Witwer, seine erste Frau ist tragischerweise vor einigen Jahren verstorben. Aber Saschura ist unverheiratet und unbefleckt.« Während der Priester seine orthodoxe Weltsicht predigte, tanzte das gerahmte Foto der Verlobten auf dem Beistelltisch, rutschte langsam zum Rand und fiel schließlich krachend auf den Boden. Glas splitterte, und danach war es ganz still im Raum. Poltergeist mit Popen. Kata wollte loslachen. Konnte sich aber noch in letzter Sekunde stoppen. Denn ganz offensichtlich war sie die Einzige, die den Fotosturz amüsant fand. Der Priester blickte in seinen Schoß, wo seine verkrampften Hände lagen. Der Verlobte bekreuzigte sich, und Lukas Goldmann starrte verärgert auf den Scherbenhaufen. So unterschiedlich die Gefühle der Männer schienen, so einheitlich war ihr Schweigen. Der Vorfall wurde nicht angesprochen, und wenig später verabschiedeten sie sich.

Im Auto schlug Lukas Goldmann gegen das Lenkrad: »Dieser verdammte Scharlatan«, wütete er.

»Bogdanow?«, fragte Kata.

»Nein. Dieser falsche Priester mit seinen Zauberkunststückchen. Damit hat er Akula völlig im Griff.«

»Du glaubst, der Priester ist ein Hochstapler? Dass er gar nicht offiziell von der orthodoxen Kirche eingesetzt wurde?«

»Nein, nein, daran hatte ich bis dato nicht gezweifelt – aber danke für den Hinweis – ich meine, dass er seine Kunststückchen regelmäßig aufführt. Und Akula ist, wie viele Russen, extrem abergläubisch. Es gibt wahrscheinlich kein abergläubischeres Volk als die Russen.«

»Verstehe. Aber wie hat er das Foto eben zu Fall gebracht?«

»Das weiß ich nicht. Und Akula hat jeden meiner Untersuchungsansätze im Keim erstickt. Der Priester zaubert, und Akula pariert wie ein verängstigter Dreijähriger.«

»Wie kann das sein?«, fragte Kata.

»Ich weiß es nicht. Noch nicht. Ich weiß nur, dass der Typ Unheil bringt. Wo er auftaucht, passieren seltsame Dinge.« Goldmann redete sich in Rage.

»Ihr habt ihn observiert?«, hakte Kata ein.

»Ja.«

»Und?«

»Und nichts. Nichts Verwertbares. Und ich kann ihn nicht antasten. Akula würde mir das niemals verzeihen.«

»Dann lass uns auf die Fakten konzentrieren«, sagte Kata knapp. Egal, ob Teufelswerk oder Gotteswunder – ihr fehlte die Zeit für den Hokuspokus.

»Du hast recht. Lass uns mit der Suche weitermachen. Kannst du zu dieser Frauen-Kochgruppe gehen?«, bat er. »Und Kata, probiere es bei den Damen mal mit einem Lächeln, okay?«

»Lächeln kostet extra«, entgegnete Kata.

»Soll mir recht sein, solange es Resultate bringt.«

Kapitel 20

Es duftete: nach geschmorten Zwiebeln, frischem Teig und warmen weiblichen Körpern. Gut zwei Dutzend Frauen, die jüngste keine achtzehn, die älteste weit über achtzig, werkelten in einer großen Gemeinschaftsküche. Sie füllten Zwiebeln, Fleisch und Frischkäse in kleine Teigtaschen. Kata wusste, dass sie die Dinger schon einmal in einem Restaurant gegessen hatte, konnte sich aber nicht an den Namen erinnern. Was jetzt auch völlig nebensächlich war. Nachdem sie so freundlich, wie es ihr möglich war, erklärt hatte, dass sie den verzweifelten Verlobten bei seiner Suche nach Saschura Jelena Solowjowa unterstützte, hatten die Köchinnen begonnen, auf Russisch miteinander zu flüstern. Natürlich verstand Kata kein Wort. Sie wollte die Frauen schon anfahren, Deutsch zu reden, als eine der älteren, die gebeugt über dem Tisch stand und unentwegt knetete, sagte:

»Saschura ist ein Engel.«

»Das wissen wir bereits. Es hilft uns aber nicht. Können Sie bitte überlegen, ob Ihnen an ihr in letzter Zeit irgendetwas aufgefallen ist? Wirkte sie verändert? Hat sie vielleicht irgendeine Andeutung gemacht? Es ist wichtig, dass Sie uns alles erzählen. Es geht um Leben und Tod.«

Ein bisschen Dramatik kann nicht schaden, dachte Kata. Und tatsächlich begannen die Frauen zögerlich zu erzählen. Von Saschuras Auftauchen in der Gemeinde vor zehn Monaten. Wie sie ihnen vorgelesen hatte.

»Normalerweise lesen wir aus der Bibel, aber Saschura hat uns andere Bücher gebracht«, sagte die teigknetende Alte.

»Was für Bücher?«, fragte Kata.

»Die von Olga Grjasnowa und Alina Bronski«, antwortete ein junges, zartes Mädchen, das die Enkelin der Alten zu sein schien und trotz ihrer Jugend die Einheitskleidung trug: ein weit geschnittenes, überknielanges Kleid. Dazu ein Haarnetz auf dem Kopf.

»Wahrscheinlich werden die Schriftstellerinnen Ihnen nichts sagen. Auch wir kannten sie vorher nicht. Aber was sie schreiben, spricht uns aus dem Herzen.«

»Inwiefern?«, hakte Kata nach.

»Sie erzählen davon, wie es ist, heimatlos zu sein. Und hilflos. In Russland waren wir die Deutschen. Hier sind wir die Russen«, schaltete sich eine dritte Frau in das Gespräch ein. Kata dachte einen Moment über das Gehörte nach. Eine jungfräuliche Literaturvermittlerin, die im Begriff war, einen steinreichen, vermutlich kriminellen Geschäftsmann zu ehelichen. Das war mal was anderes. Aber kein Hinweis auf ihr plötzliches Verschwinden. Es sei denn, sie hatte es sich einfach anders überlegt. Sich eines Besseren besonnen. Doch dann würden Sachen in ihrem Appartement fehlen, was nach Auskunft von Goldmann nicht der Fall war.

»Wo war Saschura denn vorher? Warum ist sie erst vor zehn Monaten in ihrer Gemeinde aufgetaucht?«, fragte sie die Frauenrunde.

»Sie hat Vater Jegor gesucht und gefunden«, schaltete sich eine weitere Frau ein, die mit verschränkten Armen an der Wand lehnte. Im Gegensatz zu den anderen Mitgliedern der Kochgruppe war sie modern zurechtgemacht: Make-up, Markenjeans und eine Packung Marlboro in der Hand.

»Was genau meinen Sie damit«, fragte Kata nach.

»Sie will sich nur wichtigmachen«, sagte die alte Frau. Mit ihren mehligen Händen schob sie ihr buntes Kopftuch zurecht und warf der Marlboro-Frau einen bösen Blick zu, die daraufhin verstummte. Kata wolle die Alte nehmen und schütteln. Aber dann würde sie vermutlich überhaupt nichts mehr erfahren. Wenig später verabschiedete sie sich aus dem duftenden Reich, um das zu machen, was jede gute Ermittlerin in ihrer Situation getan hätte: einen gänzlich anderen Ansatz wählen.

Im Hinterhof, wo große Müllcontainer und halb verrostete Fahrräder standen, roch es weniger gut. Aber Katas Vermutung, dass die Marlboro-Frau hier für eine dringend benötigte Zigarettenpause hinkommen würde, bewahrheitete sich schon nach zwanzig Minuten.

»Geben Sie mir auch eine?«, fragte sie die Frau und schwenkte fünfzig Euro vor ihrer Nase. Die Deutschrussin griff erst nach dem Schein, reichte Kata dann die gewünschte Kippe und gab ihr schließlich Feuer. Wie widerlich, dachte Kata und versuchte, den Rauch möglichst unauffällig wieder auszuatmen.

»Sie wurden eben abrupt unterbrochen. Wenn Sie mir ein bisschen mehr erzählen können, habe ich noch etwas mehr für Sie«, lockte sie. Die Frau blickte sich vorsichtig um. Als sie sich überzeugt hatte, dass sie niemand beobachtete, fragte sie:

»Wie viel mehr?«

Kata überschlug, was Goldmann ihr an Spesen für den Fall gegeben hatte und was davon sie nicht unmittelbar selbst brauchte.

»Wie wäre es mit zweihundert Euro?«

Die Frau nickte und begann zu erzählen. Mit offensichtlichem Hass auf Saschura schilderte sie deren Auftauchen. Wie sie erst den Geistlichen und dann den Geschäftsmann in ihren Bann gezogen hatte.

»Sie ist eine Lügnerin. Ein manipulatives Miststück«, schimpfte die Frau.

»Wobei lügt Saschura?«

»Sie lügt, wenn sie den Mund aufmacht.«

»Können Sie konkret werden? Bis jetzt habe ich nichts gehört, was zweihundert Euro wert wäre«, sagte Kata entnervt.

Die Frau überlegte einen Augenblick. Offenbar wog sie die Dinge ab.

»Versprechen Sie mir, dass Sie niemandem verraten, dass ich es Ihnen erzählt habe?«

Kata versprach das Gewünschte.

»Die Schlampe geht zu dieser berüchtigten Praxis. Wo

die Frauen wieder zunähen«, ereiferte sich die Marlboro-Frau zwischen zwei Zügen.

»Was genau meinen Sie mit: wieder zunähen?«, fragte Kata.

»Na, das Jungfernhäutchen. Die nähen das Häutchen wieder zu. Sie haben doch nicht ernsthaft geglaubt, dass dieses Flittchen noch Jungfrau ist?«

Nein, das habe ich in der Tat nicht geglaubt, dachte Kata. Auf die Idee, dass Saschura sich einer solchen OP unterziehen würde, wäre sie aber nicht gekommen. Der erste verwertbare Hinweis.

»Haben Sie den Namen der Praxis für mich?«, fragte sie.

»Haben Sie die zweihundert Euro für mich?«, fragte die Frau zurück.

Kata zog den Schein aus der Hose und wollte ihn schon übergeben, als ihr etwas einfiel.

»Wissen Sie, was mit dem Priester los ist? Warum spielt der Poltergeist?«

Der Gesichtsausdruck der Frau wechselte von Gier zu Grauen.

»Das ist auch die Schuld dieser Frau. Sie hat ihn verhext.«

Schneller als Kata es ihr zugetraut hatte, schnappte sie sich den Zweihunderteuroschein aus ihrer Hand und rannte zurück ins Gemeindehaus.

Kapitel 21

»Wie war eigentlich dein letztes Date?«, fragte Apollinaria ihre Sprechstundenhilfe.

»So wie alle Tinder-Dates«, antwortete Madita und verdrehte die Augen.

»Details. Ich will Details«, forderte die Ärztin.

»Ach, nichts Spektakuläres. Das Foto, das er drinhatte, war mindestens zehn Jahre alt. Ich finde es lustig, wenn behauptet wird, dass Frauen alte Bilder einstellen. Oder bei ihrem Alter lügen. Die Kerle tun das genauso – nur viel unverschämter.«

Apollinaria musste über den kleinen Monolog ihrer Mitarbeiterin lachen. Madita hatte alles, was eine Frau – ein Mensch – in ihren Augen brauchte, um attraktiv zu sein: ein freundliches Gesicht, das meistens lächelte; einen wachen Verstand und vor allem ein großes Herz. Madita war hilfsbereit, intelligent und gebildet. Dennoch fand die Einundvierzigjährige in Köln keinen passenden Partner. Sie selbst hatte es schon vor Jahren aufgegeben und dachte mit Schrecken an die moderne Dating-Welt, die Bekanntschaften im Akkord abarbeitete. Da doch lieber Entspannung im Yogastudio.

»Ich glaube, ich schaffe es heute tatsächlich zum Kurs«, sagte Apollinaria mit einem Blick auf ihre Armbanduhr. Als ob jemand nur auf diese Ankündigung gewartet hätte, klingelte es in dem Moment an der Tür: Auf dem Monitor der Überwachungskamera tauchte das Gesicht einer dunkelhaarigen Frau auf.

»Vielleicht sollte ich es einfach nicht mehr laut aussprechen? Ist ja wie ein Fluch«, lachte Apollinaria.

Madita betätigte den Türöffner, und einen Moment später stand eine schlanke, groß gewachsene Frau im Foyer. Sie trug eng sitzende Jeans, die ihr lässig auf den Hüften saßen, und ein lockeres weißes T-Shirt. Der Look war unauffällig, die Wirkung trotzdem beachtlich. Augenscheinlich hatte ihr später Besuch kein Gramm Fett am Körper, dafür ein einprägsames Gesicht, mit großer Nase und hohen Wangenknochen.

»Sie sind die Treppenläuferin«, sagte Apollinaria.

»Was meinen Sie?«, fragte Kata irritiert.

»Erinnern Sie sich nicht? Sie haben mich vor ein paar Wochen auf dem Herkulesberg angesprochen und gewarnt, dass mir jemand folgt.«

»Ach so. Ja, natürlich«, log Kata. Und Apollinaria wunderte sich, warum sie das tat. Wahrscheinlich war es ihr Allerweltsgesicht, oder die Sportskanone warnte permanent Passanten.

»Was kann ich für Sie tun? Wollen Sie mit ins Besprechungszimmer kommen?«

»Gerne«, antwortete Kata und folgte der Ärztin.

»Trainieren Sie für irgendeinen Wettkampf? Das wirkte sehr professionell, was Sie da gemacht haben.«

»Nein, nicht wirklich. Ich habe früher mal geboxt, aber das ist lange her«, versuchte Kata das Thema zu beenden.

»Geboxt? Wie spannend«, sagte Apollinaria. »Was führt Sie zu mir?«

»Ich suche nach einer vermissten Frau und dachte, dass Sie mir vielleicht helfen können«, sagte Kata.

Apollinaria fühlte Panik in sich aufsteigen. Nicht schon wieder, dachte sie. Dass Frauen, die zu ihr in die Praxis kamen, von ihren Männern oder Vätern bedroht und geschlagen wurden, geschah häufiger. Und in einigen Fällen verschwanden sie auch. Für immer.

»Wer wird vermisst?«, krächzte sie.

»Diese Frau«, sagte Kata und zeigte der Ärztin das Foto, das sie in der Villa aufgenommen hatte. »Ihr Name ist Saschura Jelena Solowjowa. Die Firma, für die ich arbeite, ist von ihrem Verlobten mit der Suche beauftragt worden.«

»Verlobten?«, fragte Apollinaria und hätte sich im nächsten Moment am liebsten selbst geohrfeigt, denn sie sah das erwachende Interesse auf dem Gesicht der Frau.

»Warum wundert es Sie, dass Saschura verlobt ist?«, fragte Kata.

»Das tut es gar nicht. Ich war nur für einen Moment überrascht.«

»Warum genau, sagten Sie, war Saschura noch einmal bei Ihnen?«, fragte Kata mit Unschuldsmiene.

»Sie wissen sehr gut, dass ich nichts dazu gesagt habe, und das wird auch so bleiben. Es sei denn, Sie haben einen Gerichtsbeschluss.«

Ihr Besuch lächelte. Apollinaria gefiel die Frau, und sie hätte gern mehr über sie erfahren. Sie kannte kein anderes weibliches Wesen, das boxte. Wie schön es wäre, wenn alle Frauen und Mädchen einen Kampfsport lernen und so selbstbewusst auftreten würden wie die Treppenläuferin. Vermutlich sähen die Kriminalstatistiken dann anders aus.

Plötzlich registrierte sie, wie die Frau ohne Vorwarnung aufsprang. Mit einem Satz über den Schreibtisch hechtete und sich mit ihrem ganzen Gewicht auf sie warf.

Kapitel 22

Alba stürmte aus dem Lokal und lief drauflos. Quer über die Straße, wo ein Taxi mit quietschenden Reifen wenige Zentimeter vor ihr zum Stehen kam. Der Fahrer fluchte und machte Anstalten auszusteigen, doch Alba rannte, so schnell sie konnte, weiter. Durch dunkle, regenfeuchte Straßen, in denen sich die Lichter der Stadt spiegelten. Ihr Herz hämmerte, und ihr Bauch krampfte. Sie presste die Hände gegen die schmerzenden Stellen und schaute sich schwer atmend um. Sie wusste nicht mehr, wo sie war. Überall graue Häuser, deren Fenster und Türen fest verschlossen waren. Die einzige Straßenlaterne flackerte unruhig, was ihr die Orientierung zusätzlich erschwerte. Trotz der Schmerzen fühlte Alba sich gut. Sie war den Rockern entkommen. Nie wieder würde sie sich in die Höhle dieser Tiere begeben. Was sie in den letzten Tagen von der Kölner Unterwelt und den nächtlichen Eskapaden der Kommissarin gesehen hatte, musste für den neuen Krimi reichen. Sie war bereit, für die Kunst einen hohen Preis zu zahlen, das hatte sie schon oft bewiesen. Aber ihr junges Leben, das gerade erst begonnen hatte, würde sie für keine Recherche der Welt opfern. Alba stützte die Hände auf die Knie, um besser atmen zu können. In der Ferne sah sie ein großes weißes U auf blauem Grund – den Eingang zur Kölner U-Bahn. Dahin würde sie gehen, wenn sie wieder bei Atem war. Jetzt, wo sie ruhig stand, hörte sie das Rauschen in ihren Ohren. Es klang wie ein Ozean, der sich auftürmte, um zum Tsunami zu werden. Alba war so in das ozeanische Rauschen vertieft, dass sie die gedrosselten Motorengeräusche überhörte. Erst als eines der Motorräder hinter ihr aufheulte, erschrak Alba und schrie auf. Sie stolperte rückwärts und wäre fast in einer der schimmernden Pfützen ausgeglitten. Zwei Mitglieder der *New Demons* hatten sich ihr unbemerkt genähert. Die Rocker nutzten ihre Motorräder, um Alba von links und rechts gegen die grauen Häuser zu schieben. Als ihr Rücken die grobe Wand erreichte, heulten die Motoren ein letztes Mal auf, dann wurde es still. Völlig still. Auch das Rauschen in ihren Ohren verklang. Der Tod ist stumm, dachte sie.

»Gib uns dein Handy«, herrschte einer der Männer Alba an.

Er streckte ihr seine rechte Hand, die in einem fingerlosen Lederhandschuh steckte, fordernd entgegen. Alba fühlte, wie kalter Angstschweiß ihren vom Laufen noch warmen Rücken herunterlief und sich in ihrer Unterhose sammelte. Sie griff in die Tasche ihres Blazers und suchte mit zitternden Händen nach dem Handy. Als ihre Finger das Gerät berührten, wurde ihr bewusst, wie wichtig es für sie war. Alle Aufnahmen, Fotos und Infos, die sie auf dem Samsung gespeichert hatte, wären für immer verloren, wenn sie es den Rockern übergab. Aber was war die Alternative? Albas Gehirn arbeitete fieberhaft, um einen Ausweg zu finden.

»Wird es bald?«, herrschte der andere Rocker sie an, »du wirst es bereuen, wenn ich absteige und es mir selbst hole.«

Alba hatte keinen Zweifel an den Worten. Sie glaubte jetzt schon die schweren Pranken des bärtigen, bulligen Mannes auf sich zu spüren. Der Verlust des Handys, von dem sie keine Sicherheitskopie hatte, war eine Katastrophe. Aber von diesem Tier bedrängt, womöglich vergewaltigt zu werden, wäre weit schlimmer. Aufseufzend zog sie das Telefon aus der Tasche und wollte es überreichen, als eine blecherne Stimme aus dem Nichts erklang.

»Steigen Sie von den Motorrädern und heben Sie die Hände, damit wir sie sehen können«, drang eine männliche Stimme aus dem Lautsprecher eines Streifenwagens. Alba konnte ihr Glück nicht fassen. Die Rocker wechselten einen Blick, schauten dann zu dem Einsatzfahrzeug. Die Situation überforderte sie offenbar. Alba nutzte den Überraschungsmoment, um sich am Motorrad zu ihrer Linken vorbeizuquetschen. Sie sprintete zum Eingang des U-Bahn-Eingangs, als sie hörte, wie die Maschine krachend umfiel. Einer der Rocker hatte die Verfolgung aufgenommen. Die schweren Biker-Stiefel platschten auf dem nassen Asphalt. Alba blickte im Laufen über ihre Schulter. Acht, neun Meter. Hoffentlich reichte der Abstand. Sie fühlte schon wieder das Stechen in ihrer Seite. Dann sah sie unten im Tunnel die U-Bahn einfahren. Drei bunt gekleidete Nachtschwärmer mit Bierflaschen in den Händen stiegen in den vorderen Waggon. Eine ältere Türkin betrat die Bahn schwerfällig durch die letzte Tür. Eine Sekunde später quetschte sich Alba in die Bahn. Die Türen schlossen sich hinter ihr mit einem schmatzenden Geräusch. Ein leichtes Zucken ging durch den Waggon, als er sich in Bewegung setzte. In diesem Moment erreichte der Rocker den Bahnsteig und schlug mit voller Wucht gegen die Scheibe.

»Wir kriegen dich, Schlampe«, brüllte er Alba hinterher.

Kapitel 23

Kilian saß an seinem Schreibtisch und betrachtete Lisa Altmeier. Sein Blick wanderte von ihrem runden Gesicht zu der gestärkten Bluse. Statt einer Interims-Erscheinung drohte sie zur Dauereinrichtung zu werden. Dass Kata jemals zurückkommen würde, konnte er sich nicht vorstellen. Ihre Krankheit, die in Fachartikeln als eine galoppierende Alzheimer mit immens gesteigertem Aggressionspotenzial beschrieben wurde, klang für ihn final. Unvorstellbar, dass irgendeine experimentelle Therapie daran etwas ändern würde. Vielleicht konnte die Behandlung in den USA den Krankheitsverlauf stoppen? Oder zumindest verhindern, dass es immer schlimmer wurde? Aber die alte Kata würde kaum wiederauferstehen, aus dem futuristisch gestylten Therapiezentrum, das er von der Webseite kannte. Falls sie es überhaupt nach Boston schaffte. Von Goldmann wusste er, auf welchen Deal sich die beiden geeinigt hatten. Und auch, dass von der verschwundenen Verlobten immer noch jede Spur fehlte. Ob er die Kollegen einschalten sollte? Unsinn. Es gab keine offizielle Vermisstenmeldung. Und es war nicht sein Fall. Sein Fall lag vor ihm auf dem Schreibtisch und hatte sich totgelaufen.

»Alles okay?«, fragte Lisa Altmeier besorgt. Er blickte in ihr faltenfreies Gesicht. Wie alt sie wohl war? Hatte sie einen Ehemann? Kinder? Kilian hatte sich für all das nie interessiert, weil er von der Kurzlebigkeit ihrer Zusammenarbeit ausgegangen war. Und für fremde Frauen brachte er ohnehin schon lange kein privates Interesse mehr auf. Nicht mehr, seitdem seine Kata-Zeit geendet und seine Biggi-Zeit begonnen hatte. Gedanklich hatte er sein Leben immer in diese beiden Phasen unterteilt. Und in beiden war er zufrieden gewesen. Bis jetzt. Kilian konnte sich nicht erinnern, sich jemals so gefühlt zu haben. Alles schien ihm plötzlich sinnlos. Der dauernde Kampf um die optimale Betreuung der Kinder. Biggis berufsbedingte Dauerabwesenheit. Die ständigen Einmischungen seiner vermögenden Schwiegermutter. Was, wenn Kata endgültig verschwand? Sich ins Ausland absetzte? Oder umbrachte? Beides hielt er für denkbar. Auch wenn er sie in den letzten Jahren konsequent versetzt hatte, wusste er doch, dass es einen Weg zurück gab. Den Weg zurück in sein altes Leben mit ihr, das aus durchfeierten Nächten, flüchtigen Bekanntschaften und einer Kameraderie bestanden hatte, die kein Außenstehender jemals verstehen würde. Mit Kata hatte er sich geadelt gefühlt, aufgewertet durch ihre pure Präsenz. Mit ihr war alles intensiv: die Feierei, die Flirts, die Ficks. Letztlich aber auch die Frustration über die immer gleichen Abende. Vor acht Jahren hatte Kilian bereits das Gefühl, den Bodensatz zu trinken, während Kata einen immer größeren Durst entwickelte. Biggi brachte ihn hingegen zur Ruhe. Wob ihn ein in ein Leben, das aus geschmackvoller Behaglichkeit und festen Strukturen bestand. Der Geruch seiner Kinder beglückte ihn stärker als der Duft fremder Frauen. Ihre kleinen Hände in seiner großen lösten nie gekannte Gefühle in ihm aus. Er übernahm Verantwortung, während Kata versuchte, einen Lebensabschnitt ins Unendliche zu verlängern, der der Jugend vorbehalten war: die Zeit der Illusionen. In der alles möglich schien. Und der Glaube an die eigene Unverwundbarkeit durch nichts zu erschüttern war. Kata hatte für ihre Hybris einen hohen Preis gezahlt, womöglich den höchsten. Er musste aufgestöhnt haben, denn Lisa Altmeier erkundigte sich erneut, ob mit ihm auch wirklich alles in Ordnung sei.

»Wollen wir was trinken gehen?«, fragte er und setzte ein Lächeln auf, das er lange nicht mehr genutzt hatte.

Kapitel 24

Apollinaria lag auf dem Boden und fühlte etwas Schweres auf ihrer Brust. In ihren Ohren schrillte es. Ein hoher, enervierender Ton. Plötzlich verschwand der Druck, und eine ruhige Stimme fragte:

»Sind Sie verletzt?«

»Nein, ich glaube nicht«, antwortete sie.

»Ich bin gleich wieder da«, sagte Kata und sprintete zur Praxis hinaus. Vor der Tür: nichts. Der Mann, den sie durch die Spiegelfolie gesehen hatte und der mit dem Ziegelstein einige Sekunden herumhantierte, um ihn genau zwischen den Gittern durch die Scheibe zu werfen, schien verschwunden.

»Scheiße, Scheiße, Scheiße.« Kata blickte sich um. Überall waren Passanten. Sie schlenderten gemächlich in kleinen Grüppchen über die Straßen. Reckten ihre Gesichter der untergehenden Sonne entgegen und genossen das spätsommerliche Leben. Alles passierte in einer Art Slow Motion, als ob hektische Bewegungen den Genuss trüben würden. Nur ganz am Rand ihres rechten Gesichtsfeldes registrierte Kata eine hektische Bewegung. Ihr Kopf schnellte herum, und sie sah gerade noch, wie in gut zweihundert Meter Entfernung ein Mann um die Ecke bog. Kata sprintete hinterher. Wo sich das Meer der Passanten nicht freiwillig teilte, half sie nach. Was ihr wütende Rufe und rüde Beleidigungen eintrug. Doch das war ihr völlig egal. Sie musste den Angreifer erwischen. Doch der lief überraschend schnell. Und so verkleinerte sich der Abstand nur langsam: Noch hundertfünfzig, noch hundert Meter, zählte Kata. Sie wusste, dass nur ein austrainierter Körper dieses mörderische Tempo über längere Zeit durchhalten würde. Und tatsächlich verringerte sich die Distanz. Es trennten sie nur noch rund fünfundzwanzig Meter. Der Mann blickte sich hektisch um, und Kata sah Angst in dem jugendlichen Gesicht. Gut, sehr gut, dachte sie. Gleich habe ich dich. Meter um Meter holte Kata auf. Der Angreifer lief unrhythmisch, stolperte über seine eigenen Füße und wäre fast gefallen. Lange würde er nicht mehr durchhalten. Kata konnte bereits seinen röchelnden Atem hören. Sie sprang den Strauchelnden an, brachte ihn zu Fall und hieb ihm ihre Faust ins Gesicht. Schmatzend traf sie auf seiner Wange auf, Schweiß, Blut und Spucke flogen durch die Luft. Der Typ röchelte und würgte. Scheiße, dachte Kata. Der kriegt keine Luft. Sie drehte den Körper in die stabile Seitenlage und überstreckte den Kopf. Fast augenblicklich trat Erbrochenes aus. Der Mann kotzte und kotzte. Sein Mageninhalt ergoss sich auf den Boden und auf Katas Hände, die angewidert aufsprang und nach einer Möglichkeit suchte, es abzuwischen. Das Gras auf dem Grünstreifen neben dem asphaltierten Gehweg erinnerte an eine Steppe, war aber besser als nichts. Während sie ihren Handrücken energisch über das Sand-Gras-Gemisch rieb, beobachtete sie das erbärmliche Schauspiel. Nach einigen Minuten normalisierte sich die Hautfarbe des jungen Typen wieder. Kata schätzte, dass er nicht einmal volljährig war. Zuerst hatte sie sich von seiner Größe täuschen lassen. Aber das war nur ein Bengel. Ein aggressiver Bengel, erinnerte sie sich selbst.

Kata kickte mit dem Fuß gegen den Oberkörper des Jungen.

»Was sollte das?« Sie wies mit dem Kopf in Richtung der Praxis.

»Ich weiß nicht, wovon Sie sprechen«, röchelte es vom Boden.

Kata ging in die Knie und fixierte die dunkelbraunen Augen des Jungen.

»Hör zu. Es gibt zwei Möglichkeiten: Entweder du sagst mir sofort und wahrheitsgemäß alles, was ich wissen will, oder ich schlage dein Bubigesicht zu Brei. Verstanden?«

Selbst im Polizeidienst, als sie ihren Worten kaum jemals Taten folgen ließ, hatten ihre Drohungen oft den gewünschten Effekt. Jetzt, wo sie nichts mehr zu verlieren hatte, wirkte sie offenbar sehr glaubwürdig, denn der Junge redete sofort drauflos.

»Ich wollte niemanden verletzen. Wirklich nicht«, beteuerte er atemlos.

»Dann solltest du keine Ziegelsteine durch Fensterscheiben werfen«, erwiderte Kata. »Wer hat dir den Auftrag gegeben?«

»Niemand.«

Kata kickte gegen den Oberschenkel des Liegenden und sagte:

»Das geht auch fester.«

»Niemand, es war wirklich meine eigene Idee.«

Kata trat fest zu, und der Junge wand sich vor Schmerzen.

»Ich sollte Ihnen folgen«, japste er.

»Mir folgen?« Kata war überrascht. »Wer hat gesagt, dass du mir folgen sollst?«

»Das kann ich nicht sagen. Bitte. Es geht nicht. Ich darf den Namen nicht sagen. Wenn ich ihn ausspreche, passieren schlimme Dinge ...«

Tränen bildeten sich in den Augen des Jungen. Ob aus Angst oder Schmerz, konnte Kata nicht beurteilen. Aber ihr war klar, dass sie so nicht weiterkam.

»Und wenn ich den Namen sage, ist das okay?«, fragte sie.

»Nein«, jaulte der Junge auf. »Das würde er sicher auch hören.«

Was für ein Schwachsinn, dachte Kata. Das muss dieser idiotische Aberglaube sein, von dem Goldmann gesprochen hat.

»Und wenn ich ihn hier in den Sand male und dann ganz schnell wieder wegwische?«, fragte sie ins Blaue hinein. Als der Junge schwieg, griff Kata zu einem Stöckchen, das auf dem Grünstreifen lag. In den sandigen Boden malte sie den Namen ihres Auftraggebers: Akula Bogdanow.

Hoffentlich stimmt die beschissene Schreibweise, dachte Kata. Sie blickte zum Jungen, der kaum merklich den Kopf schüttelte. Kata probierte es mit einem weiteren Namen:

Jegor Papow. Dieses Mal fiel die Reaktion heftiger aus. Die Augen des Jungen weiteten sich. Und er blickte nach links und rechts, als ob die dunkle Gestalt des Priesters jeden Augenblick hinter ihm auftauchen könnte.

»Hat er dir gesagt, dass du den Stein in die Praxis werfen sollst?«, fragte Kata.

»Nicht direkt«, antwortete der Junge.

»Sondern?« Drohend trat sie näher an den Liegenden heran.

»Es ist ein böser Ort. Das hat Vater Papow oft gesagt.« Während er sprach, rollte er sich ein. Offenbar erwartete er den nächsten Tritt. Stattdessen wischte Kata mit dem Fuß die gekrakelten Buchstaben weg und ging zurück zur Praxis.

Die Ärztin saß an ihrem Schreibtisch und drückte einen improvisierten Eisbeutel gegen die Stirn. Darunter sah Kata eine Platzwunde, die nur teilweise vom Tuch verdeckt war. Rötliches Wasser tropfte aus dem Handtuch auf den Holztisch. Katas Blick folgte dem farbigen Wasser, das sich in einer kleinen Vertiefung sammelte. In der Kuhle lag ein funkelnder bernsteinfarbener Stein. Kata musste ans Rote Meer denken. An eine Flut, die geräuschlos aufs Land trifft. Einen Moment verlor sie sich in die Betrachtung des Wasserspiels, dann schalt sie sich eine Idiotin, die wertvolle Zeit verlor.

»Wie geht es Ihnen?«, fragte sie die gebeugt sitzende Frau.

»Ich bin okay«, antwortete Apollinaria und streckte sich. »Uns war immer klar, dass so etwas irgendwann passieren würde.«

»Kennen Sie Jegor Papow?«

»Der Name kommt mir bekannt vor, aber ich kann ihn im Moment nicht zuordnen«, sagte Apollinaria und runzelte ihre verletzte Stirn.

»Jegor Papow ist ein Pope. Der griechisch-orthodoxen Gemeinschaft ...«

»Sie meinen sicherlich der russisch-orthodoxen«, unterbrach die Ärztin sie.

Kata überspielte ihren Fauxpas, in dem sie einfach weitersprach.

»Jedenfalls hat er etwas mit der Sache zu tun.«

»Inwiefern?«, fragte Apollinaria.

»Das weiß ich noch nicht. Aber es dürfte mit ihrer Arbeit zusammenhängen. Womöglich mit dieser ...«

Kata stockte und kramte ihre Aufzeichnungen aus der Jackentasche:

»Mit dieser Saschura Jelena Solowjowa«, las sie von dem Zettel ab. »Die beiden kennen sich. Hier schließt sich der Kreis.«

»Ich behandele viele Frauen aus der russischen Community in Köln. Und dass er unsere Arbeit verteufelt, ist mir klar. Aber dass er die Praxis attackieren lässt?«

»Das war womöglich vorauseilender Gehorsam«, sagte Kata mehr zu sich selbst.

Apollinaria, die vergeblich versucht hatte, die rote Flut mit dem triefend nassen Handtuch aufzuwischen, blickte zu Kata hoch.

»Wer war der Steinewerfer überhaupt?«

»Ein Junge«, antwortete Kata ausweichend, »vermutlich nicht mal achtzehn.«

»Mehr wissen Sie nicht? Hätten Sie nicht die Polizei rufen sollen, damit die seine Personalien feststellt?«

Kata stöhnte. Das Letzte, was sie jetzt noch gebrauchen konnte, waren Vorwürfe. Selbst wenn sie berechtigt waren. Aber sie konnte der Frau schlecht erklären, dass all das Zeit kostete. Zeit, die sie nicht hatte.

»Der Junge stellt keine ernsthafte Gefahr da. Der hat Angst vor seinem eigenen Schatten. Oder besser gesagt: vor dem des Popen. Wissen Sie etwas darüber? Hat eine Ihrer Patientinnen, vielleicht diese Saschura, von ihm gesprochen?«

Apollinaria schüttelte den Kopf. »Nur das Übliche. Soziale Kontrolle. Predigten, die die Fleischeslust verdammen. Dass jede Frau, die abtreiben lässt, verdammt ist. Der ganze reaktionäre, patriarchalische Scheiß halt«, zählte die Ärztin auf.

»War Saschura deshalb hier? Wegen einer Abtreibung?«

»Sie wissen doch, dass ich Ihnen das nicht sagen darf. Aber nein, sie war nicht wegen einer Abtreibung hier. Mehr werde ich aber nicht sagen.«

Kata zuckte müde die Achseln. Sie mochte die Frau. Wollte sie aber dennoch schütteln, bis sie eine verwertbare Spur erhielt. Nur würde das nichts bringen. Die Ärztin war kein pubertierender Bengel, der sich ins Bockshorn jagen ließ.

»Wollen Sie die Polizei rufen?«, fragte sie die Frau.

»Ja, ich denke schon. Wobei die Beamten wahrscheinlich das Gleiche sagen werden wie die Male zuvor.«

»Dann ist so etwas schon häufiger vorgekommen?«, fragte Kata.

»Steine sind bis dato keine geflogen. Aber seit Wochen lungern Gestalten im Gebüsch und auf dem Parkplatz herum. Und dann die Person, die mir gefolgt ist und die Sie entdeckt haben.«

Kata nickte. Auch wenn sie sich nicht an den Zwischenfall erinnern konnte, waren ihr die abfälligen Äußerungen in der Kochgruppe noch gegenwärtig, auch die Aggression des Jungen. Das und die Schilderungen der Ärztin ließen keinen Zweifel an der akuten Bedrohungssituation.

»Es gibt in Köln ein Kommissariat für Prävention und Opferschutz. Ich schreibe Ihnen hier einen Namen und eine Nummer auf. Die sind besser geschult für solche Situationen als die Streife.«

Kata brauchte einige Minuten, bis sie die gesuchten Infos in ihrem iPhone fand. Sie notierte sie auf einem Zettel, den Apollinaria ihr hingeschoben hatte.

»Werden Sie die Kollegen anrufen?«, fragte sie die Ärztin.

»Die Kollegen? Sie haben sich nicht als Polizistin ausgewiesen.«

Kata hatte das Bedürfnis zu schreien. Wie konnte sie nur glauben, in dieser Verfassung den Fall abschließen zu können?

»Ich muss jetzt gehen«, sagte sie und rannte zur Praxis raus.

Kata lief und lief. So schnell es die menschlichen Hindernisse auf dem Gehweg erlaubten. Um besser voranzukommen, wechselte sie auf den Fahrradstreifen, überholte Radfahrer, die ihr wütende Kommentare hinterherschrien, und wieder zurück auf den Gehweg. Nach einer Viertelstunde, in der sie sich völlig verausgabt hatte, verschwanden der dumpfe Schmerz und die unbändige Wut. Mit den einschießenden Hormonen in ihrer Blutbahn und den Strömen von Schweiß auf ihrer Haut fühlte sie sich für einen Augenblick wieder wie die Frau, die sie einmal gewesen war. Kata blieb stehen, voller Dankbarkeit für ihr lebendiges trommelndes Herz und die letzten wärmenden Sonnenstrahlen auf ihrem Gesicht.

»Du bist noch da«, sagte sie zu sich selbst. Sie hob eine Hand und legte sie sanft auf ihre Wange. So wie es ihr Vater vor Jahrzehnten getan hatte.

Kapitel 25

Aufgewühlt von Hormonen und Erinnerungen, hatte Kata auf eine Eingebung gehofft. Doch schnell wurde ihr klar, dass sie nicht weiterkam. Selbst in gesunder Geistesverfassung hätte sie der Fall irritiert. In ihrer aktuellen Situation verursachte ihr das Nachdenken über die seltsamen russischstämmigen Menschen unerträgliche Kopfschmerzen, gepaart mit Wut und Traurigkeit. Genau die Gefühle, die ihre Ärztin angekündigt hatte. Kata kauerte sich in einer Seitenstraße auf den Boden. Sie schloss die Augen. Schirmte ihre Ohren mit den Händen ab. Und regulierte ihre Atmung, bis sie wieder ruhig und gleichmäßig wurde. Sie brauchte Hilfe. Einen Menschen mit Einblick in die Welt der Spätaussiedler und Dissidenten. Wäre sie noch im Dienst, würden Kilian und sie an der Kölner Uni anrufen oder einen der vereidigten Russisch-Dolmetscher, die regelmäßig für die Polizei arbeiteten, um Hilfe bitten. Aber als inoffizielle Privatschnüfflerin konnte sie schlecht die offiziellen Kanäle bemühen – vor allem nicht um 22:33 Uhr, wie Kata mit einem Blick auf ihr Smartphone realisierte. Gewohnheitsmäßig tippte sie auf die eingegangenen Kurznachrichten und entdeckte zwei SMS von Nora Derm. Die Gerichtsmedizinerin schien ernsthaft besorgt. Sie hatte schon immer eine gute Menschenkenntnis besessen – und da war noch etwas, weswegen das Aufpoppen der Nachrichten jetzt bedeutsam war. Geradezu ein Fingerzeig. Doch was? Kata starrte auf das Display und ging die Nachrichten von Nora durch, bis sie die letzte fand, die noch gespeichert war. In ihr erzählte Nora, dass sie Michail endgültig vor die Tür gesetzt hätte. Michail, ihren russischen Verlobten. Kata war über die vorhandene Erinnerung so glücklich, dass sie Tränen in sich aufsteigen fühlte.

»Wie lachhaft«, sagte sie leise zu sich selbst und rief eilig bei Nora Derm an. Hoffentlich war die Gerichtsmedizinerin noch nicht im Bett. Bereits nach dem zweiten Klingeln hob die Angerufene ab.

»Kata? Ich versuche schon seit Tagen, dich zu erreichen. Hast du Bescheid, wann du wieder zum Dienst antreten wirst?«

»Ich, äh, nein, deswegen rufe ich nicht an«, antwortete Kata. Nach dem positiven Ausgang ihres Verfahrens würde Derisoire, der Leiter der Mordkommission, gezwungen sein, sie wieder einzustellen. Nur hatte Kata daran keinen Gedanken verschwendet. Dafür reichte ihre Kraft nicht. Geschweige denn ihre Zeit. Neben den normalen Dienstzeiten würde sie niemals für Goldmann arbeiten, die Verschwundene finden, das Geld kassieren und zur Therapie in die USA fliegen können.

»Ich arbeite an einem Fall. Privat. Für die Firma von Goldmann. Ein früherer Kollege. Vielleicht erinnerst du dich?«

»Lukas Goldmann? Der korrupte Kriminellenfreund?« Nora Derm wusste offenbar mehr über Goldmanns Ausscheiden. Was in ihrer aktuellen Situation aber irrelevant war.

»Nora, du hattest doch mal einen russischen Verlobten, nicht wahr?«, fragte Kata vorsichtig.

»Verlobten? Wie kommst du jetzt darauf?«

»Weil Goldmanns wichtigster Klient ein stinkreicher Russe ist. Er hat uns beauftragt. Ich soll seine verschwundene Verlobte suchen. Und dann gibt es noch einen Geistlichen, der im Hintergrund die Fäden zieht und, na ja, ich weiß nicht, wie ich sagen soll: Gegenstände bewegt?«

»Gegenstände bewegt? Was genau meinst du damit, Kata? Geht es dir auch wirklich gut?«

»Das erzähle ich dir später. Kannst du mir ein bisschen mehr über die Community, ihren Glauben oder besser Aberglauben erzählen? Goldmann sagt, die Russen seien das abergläubischste Volk der Welt.«

»Ich weiß nicht, ob der Superlativ angebracht ist. Aber einige sind in der Tat sehr abergläubisch. Quer durch alle Bevölkerungsschichten.«

»Wie drückt sich das aus?«, fragte Kata.

»Puh. In allen möglichen Dingen. Wenn du bei manchen Russen zu Hause klingelst und ihnen über die Türschwelle hinweg die Hand reichst, bricht Panik aus. Denn sie glauben, dass das großes Unglück heraufbeschwört. Michail hat mir einmal den Mund zugehalten, als ich in seiner Wohnung gepfiffen habe. Er war überzeugt, dadurch arm zu werden«, erklärte Nora Derm.

»Was für ein Quatsch«, warf Kata ein.

»Fraglos. Aber denk nur an die 13. Etage, die in manchen Hochhäusern fehlt. So viel vernünftiger ist das auch nicht.«

»Und hast du mal davon gehört, ich meine, damals mit deinem Typen, dass sich Gegenstände von selbst bewegen?«

»Du meinst paranormale Phänomene?«

»Ja, ich denke, dass das der richtige Begriff ist.«

»Ich glaube, dass es das Beste ist, wenn du bei mir vorbeikommst und wir alles in Ruhe besprechen. Ich habe ohnehin Rufbereitschaft und bin für Gesellschaft dankbar. Wann kannst du hier sein?«

Kata dachte angestrengt nach, konnte sich aber nicht erinnern, wo Nora wohnte. Dabei war sie schon öfter bei ihr gewesen.

»Du bist umgezogen, nicht wahr?«, versuchte sie ihr Glück.

»Nein, wie kommst du darauf. Ich wohne immer noch Pantaleonswall 110.«

Kata lief zum nächsten Taxistand, drängte einen der gemächlich Kaffee trinkenden Männer zur Eile und war eine Viertelstunde später vor Noras Mehrfamilienhaus. Die Haustür war nur angelehnt, Kata drückte sie auf und sprintete in den zweiten Stock. Auch die Wohnungstür stand einen Spalt offen. Kata klopfte und trat im selben Moment ein. Sie erwartete, die Pathologin über ihren Akten oder vor dem Fernseher anzutreffen, stattdessen sah sie Gliedmaßen. Sie waren nackt und seltsam verrenkt.

Kapitel 26

Kilians Smartphone lärmte in der Hose, die auf seinen Knien hing. Wie ein Echo antwortete es Sekunden später aus der Handtasche von Lisa Altmeier, die als tiefroter Fleck auf den weißen Fliesen der Toilette lag.

»Nicht aufhören«, sagte seine Kollegin und zog den Zurückweichenden wieder an sich. Sie krallte ihre lackierten Fingernägel in seinen Nacken und drückte ihren Unterleib fordernd gegen seinen. So intensiv die Lust gewesen war, die Kilian noch wenige Minuten zuvor gespürt hatte, so überwältigend war der Ekel, den er jetzt empfand. Er löste sich gewaltsam von der Frau, zog die Hose mit der rechten Hand hoch und fingerte mit der linken nach dem immer noch klingenden Mobiltelefon.

»Neumann«, meldete er sich schwer atmend.

»Kilian, Eva hier, endlich erreiche ich dich. Ihr sollt sofort zu einem Tatort fahren. Ich habe dir die Adresse geschickt. Wo ist deine Partnerin? Ich kann sie nicht erreichen.«

»Ich informiere sie.« Kilian legte auf und blickte zu Lisa

Altmeier, die sich mit schlecht verhohlener Wut wieder anzog.

»Tötungsdelikt. Wir müssen los«, sagte er.

Sie schob sich wortlos an ihm vorbei und ging zügig zum Ausgang des Lokals. Im Auto sprachen die beiden kein Wort miteinander. Fünfzehn Minuten Schweigen, bis sie am Einsatzort das gewohnte Bild empfing: Uniformierte, die auf und ab gingen, blinkende Blaulichter und ein Krankenwagen, der in Kürze einem Leichenwagen weichen würde. Froh, weitere Menschen um sich zu haben und der peinlichen Zweisamkeit mit Lisa Altmeier entkommen zu sein, betrat Kilian schwungvoll den Tatort. Doch dann machte sein Körper eine Rückwärtsbewegung: weg von dem mit grellen Scheinwerfern ausgeleuchteten Praxisraum. Uralte Instinkte rangen mit antrainierten Verhaltensmustern. Kilian wollte fliehen. So schnell und so weit weg wie möglich. In dreizehn Dienstjahren hatte er nie etwas Vergleichbares gesehen. Höchstens in Hollywoodfilmen, deren bizarre Tatorte Kilian stets als albern und effekthascherisch abgetan hatte. Aber jetzt sah er es mit eigenen Augen: ein nackter Frauenkörper, die Extremitäten ausgestreckt wie ein Hampelmann. Wo einmal die Vulva der Frau gewesen war, klaffte ein großes blutiges Loch. Über ihrem Gesicht lag eine schwarze Kapuze, und um sie herum waren Zeichen auf das Parkett gemalt worden. Offenbar mit dem Blut der Toten. Eine Mischung aus Hieroglyphen und kyrillischen Buchstaben, wie es ihm schien. Experten würden später dazu eine fundierte Analyse liefern. Offenbar unbeeindruckt vom dem zur Schau gestellten Leichnam, ging die Tatortfotografin gerade in die Knie, um Nahaufnahmen von dem zerfetzten Unterleib und den grotesken Schmierereien zu machen.

Klick, klick, klick, das grelle Blitzlicht schmerzte Kilian in den Augen.

»Hallo, Tricia«, grüßte er die Kniende mit belegter Stimme.

»Kilian«, kam es vom Boden zurück.

Patrizia Schöne arbeitete konzentriert weiter. Genauso wie alle anderen Menschen im Raum. Keiner wirkte beeinträchtigt oder verändert. Nur er. Innerhalb von nicht einmal zwei Stunden war das Bild, das Kilian von sich selbst hatte, in sich zusammengefallen. Er hatte seine Frau betrogen. Mit einer Kollegin. Und wäre um ein Haar von einem Tatort davongelaufen. Wenn nach ihm eintretende Kollegen nicht den Fluchtweg versperrt hätten, wäre er zurückgetaumelt. Weg von diesem Albtraum und sich selbst.

Kapitel 27

Kata sah zwei nackte Beine, die einander umklammerten. Sie ließ ihren Blick entlang der Füße, Waden und Oberschenkel gleiten und endete auf dem Hintern, der in einer lilafarbenen Sporthose steckte. Noch weiter unten hörte Kata es schwer atmen und sah den rot angelaufenen Kopf von Nora Derm. Er balancierte auf einem Stoffkissen und schien schon länger in dieser unbequemen Position zu verharren. Zumindest ließ das verzerrte Gesicht der Medizinerin diesen Schluss zu. Kata ging in die Knie und drehte den Kopf seitlich, sodass er auf gleicher Höhe mit dem Kinn der Medizinerin war.

»Was machst du da?«

»Hormonyoga«, kam die gepresste Antwort.

»Soll ich vielleicht draußen warten?«

»Nein, nein.« Langsam, eines nach dem anderen, kamen die Beine herunter. Und mit einem Seufzen richtete sich die große Frau auf. Ordnete erst die lilafarbene Sporthose und dann die platinblonden Haare. Die Röte wich allmählich aus dem Gesicht, und Kata sah, dass Nora Derm genauso perfekt geschminkt war, wie sie es von ihr seit Jahren kannte. Weder die seltsamen Verrenkungen noch die späte Stunde änderten offensichtlich etwas am Perfektionismus der hünenhaften Gerichtsmedizinerin. Vermutlich hatte sie schon vor Jahren ein Testament aufgesetzt, in dem sie den Bestattern genaue Anweisungen für ihren letzten Auftritt gab. Mit einer simplen Totenhygiene, die Watte in Körperöffnungen steckte, Hämatome abdeckte und den aufklappenden Mund zunähte, würde sich Nora Derm niemals begnügen.

»Kata. Wo bist du mit deinen Gedanken?«, fragte ihre Kollegin und schaute sie verwundert an. Kata konnte sich selbst nicht erklären, welche seltsamen Wege ihr Denken in letzter Zeit nahm. Nie zuvor hatte sie sich mit irgendwelchen Begräbnisriten befasst. Vermutlich waren Areale ihres Hirns aktiviert worden, die sich bereits auf ihren eigenen Tod vorbereiteten.

»Also, was ist jetzt mit den paranormalen Phänomenen? Was genau hast du erlebt?«, fragte Nora Derm. Kata war dankbar für die Professionalität, die die Gerichtsmedizinerin auch in lächerlichen lilafarbenen Shorts an den Tag legte. Sie schloss die Augen, um sich besser konzentrieren zu können und schilderte den Fall: Die verschwundene Verlobte. Der vermutlich kriminelle Auftraggeber. Die verängstigten Gemeindemitglieder. Und der verhexte Priester, der im Zentrum der seltsamen Geschichte zu stehen schien.

»Kannst du dir einen Reim darauf machen?«, fragte Kata am Ende ihres Vortrags.

»Ich könnte jetzt Shakespeare zitieren: »Es gibt mehr

Dinge zwischen Himmel und Erde ...« Aber Waltraud von Lubitsch passt besser: ›Die Innenwelt drängt in die Außenwelt.‹«

»Wer ist Waltraud von Lubitsch?«

»Die Gründerin des Vereins zur Erforschung Parapsychologischer Phänomene. Eine Beratungseinrichtung in Tübingen. Von Lubitsch ist eine ernst zu nehmende Wissenschaftlerin, der das Leben schwer gemacht wird.«

»Und sie forscht wozu genau? Was meinst du mit: ›Die Innenwelt drängt in die Außenwelt‹?«

»Ich teile deine Einschätzung, dass der Priester im Zentrum des Falles steht. Alle Fäden laufen bei ihm zusammen. Er bewegt bewusst Menschen und unbewusst vermutlich auch Gegenstände. Wie das abläuft, kann dir Waltraud von Lubitsch viel besser erklären als ich. Soll ich dir einen Termin bei ihr ausmachen?«

»Du kennst sie persönlich?«, fragte Kata.

»Wir haben uns bei einem Kongress kennengelernt und auf Anhieb gut verstanden.«

»Alles, was hilft, diesen seltsamen Fall aufzuklären, ist gut. Meinst du, es ist kurzfristig möglich? Am besten morgen?«

»Ich schaue, was sich machen lässt«, sagte Nora Derm. In dem Moment, als sie zu ihrem Smartphone griff, klingelte es.

»Die Zentrale.«

Nora Derm sprach kurz und konzentriert in ihr Handy und verabschiedete sich dann von Kata.

»Tut mir leid. Ich muss los. Wenn du weitere Fragen hast, melde dich später gerne noch einmal.«

Kapitel 28

Es war stockdunkel, bis auf das schwache Licht, das von den Kerzen ausging. Sie flackerten unruhig. Durch die massiven Gitterstäbe sah sie einen Schatten, der sich schnell bewegte. Kurz hielt er inne und verschwand dann hinter einem der großen Monumente. Zu klein für einen Menschen, entschied die Kommissarin erleichtert. Der Ort war ihr nicht geheuer, aber der letzte verbliebene Ausweg. Sie setzte ihren rechten Fuß auf eine ovale Verzierung im Gitter der Mauer und stemmte sich in die Höhe. Während ihre Hände nach den nächsten Ornamenten griffen, rutschte ihr Minirock höher und höher, sodass ihre Unterhose zum Vorschein kam. Sie hatte die Mauer schon fast überwunden, als sie einen stechenden Schmerz im Oberschenkel spürte. Blut lief über die nackte Haut in ihre Schuhe. Mist. Offenbar hatte sie sich an den gusseisernen Spitzen des Gitters verletzt. Doch sie durfte sich jetzt nicht aufhalten lassen. Es ging um alles. Mit schmerzverzerrtem Gesicht gelangte sie auf die andere Seite der Mauer. Sie strich den Rock, der ihr wie ein Gürtel um die Taille hing, wieder runter und schlich vorsichtig über die dunklen schmalen Wege. Im Gebüsch raschelte es. Ein hoher, schriller Vogelruf erklang. Freiwillig wäre sie niemals nachts auf den Melaten-Friedhof gegangen, aber tagsüber war es unmöglich, ihren Plan umzusetzen. Denn dann wimmelte es auf dem Kölner Zentralfriedhof vor Menschen. Ihre Entdeckung und eine Anklage wegen Störung der Totenruhe wären die unvermeidbaren Folgen. Und damit das Ende ihrer Beamtenlaufbahn. Dabei hing alles davon ab, dass sie jetzt schnell handelte und rechtzeitig zu dem frischen Grab kam. Solange die Erde noch nicht fest war. Die Kommissarin stoppte an einem der kleinen Schuppen, in denen die Friedhofsmitarbeiter ihr Werkzeug aufbewahrten. Sie mühte sich mit dem Vorhängeschloss ab und fluchte leise vor sich hin, bis es ihr endlich gelang, das Schloss zu öffnen. Im Schein ihres Smartphone-Lichts orientierte sie sich, nahm eine der Schaufeln, die an der Wand lehnten und ging zu der mit Blumen und Kränzen überladenen frischen Grabstätte:

Annemarie Schmitz
1933–2018
Geliebte Mutter, Großmutter und Tante
Unvergessen und unerreicht

Sie hob die ersten Erdschichten ab und stellte erfreut fest, wie locker der Boden war. Nach zehn Minuten traf das Metall der Schaufel mit einem dumpfen Knall auf den hölzernen Sargdeckel. Ängstlich blickte sie sich um, um zu schauen, ob das Geräusch jemanden alarmiert hatte. Womöglich Jugendliche, für die der nächtliche Friedhofsbesuch eine Mutprobe darstellte. Doch es blieb still. Sie beugte sich zum Sarg und hantierte mit dem Deckel. Offenbar hatte er sich verklemmt, denn er ließ sich auch mit dem entwendeten Werkzeug kaum öffnen. Sie ruckelte, zog und zerrte an dem Deckel, und endlich gelang es ihr, ihn zu öffnen. Der noch frische Leichnam der alten Frau kam zum Vorschein. Ihr sorgsam frisiertes Haar, das im Licht des Smartphones lila schimmerte, umschloss das eingefallene Gesicht. Dicke Schminkschichten hatten sich in die Falten und Furchen der Haut gelegt. Die dünnen Lippen leuchteten in einem intensiven Pink und bewegten sich plötzlich. Die Kommissarin erschrak heftig und prallte mit dem Kopf gegen den geöffneten Sargdeckel. Panisch wollte sie ihren Beutezug abbrechen, als sie realisierte, was tatsächlich mit den Lippen der Verstorbenen geschah: Eine Made kroch über sie. Wie ekelig, dachte sie. Dann sah sie ihn: den großen, schimmernden Stein, der am rechten Ringfinger der alten Frau prangte. Trotz des schwachen Lichts war das blutrote Leuchten des Rubins verheißungsvoll. Bedeutete es doch, dass er besonders kostbar war. Je intensiver die Farbe, desto höher der Preis. Das hatte sie schon vor Jahren gelernt. Es war ihr ein Rätsel, wieso die Verwandten ihn der Alten nicht abgenommen hatten. Vermutlich aus Pietät. Sie fand diese Gefühlsduselei albern, freute sich aber über den Glücksfall. Offene Särge waren in Köln die große Ausnahme. Sie hatte einmal gelesen, dass neunzig Prozent der Deutschen sich für einen geschlossenen Sarg entschieden. Und wenn der Deckel doch offen stand, konnte sie nur selten derart wertvollen Schmuck am Leichnam entdecken, wenn sie sich wieder einmal in eine der Trauerhallen schlich. Doch dieses Prachtexemplar entschädigte für die vielen Fehlversuche. Sie hoffte, dass sie von Eddi, ihrem Hehler, zehntausend, vielleicht sogar zwölftausend Euro für das Klunkerchen bekommen würde. Genug, um ihre Schulden bei den Rockern zu begleichen und gleich noch ein paar neue Wetten abzuschließen. Ein breites Grinsen ging über ihr Gesicht, während sie den Rubinring vom dürren Finger der Leiche zog.

Alba klatschte vor Begeisterung in die Hände. Die Idee mit den Rockern, denen die Kommissarin Geld schuldete, war genial. Bei einer ihrer Observationen hatte sie im *Grön Eck* gesehen, wie die halb nackte Polizistin, die gerade mit einem wildfremden Typen das Lokal verlassen wollte, von einem grobschlächtigen Bandenmitglied festgehalten wurde und sich dann länger mit einem kleinen, dicken Mann unterhielt, der offenbar das Sagen hatte. Worüber sie sprachen, konnte sie damals nicht verstehen. Was Alba auf die Idee brachte, sich näher an die Männer heranzupirschen und ihre Unterhaltungen aufzuzeichnen. Ein enormes Risiko, das sich ausgezahlt hatte. Niemals hätte Alba die Themen, über die die Männer sprachen, und den primitiven Slang, den sie verwendeten, erfinden können. Sie wollte sich gerade in der Kneipe zu ihrem klugen Vorgehen gratulieren, als es geschah: Einer der Rocker sah, wie sie die Diktierfunktion ihres Smartphones kontrollierte, zeigte auf sie und informierte lauthals seine Kumpels. Maja, die feige Kuh, hatte sich schon vorher vom Acker gemacht. Das Zweckbündnis mit der anderen Autorin war für Alba damit Geschichte. Sollte diese elende Angsthäsin doch vor Neid auf ihren neuen, authentischen Krimi vergehen. Denn immerhin rund sechsundzwanzig Minuten hatte sie vor der Enttarnung aufzeichnen können. Dazu die Verstrickungen der Kommissarin, die den Rockern Geld schuldete. Was für eine großartige Geschichte! Alba war stolz auf sich und bestellte zur Feier des Tages eine Pizza Quattro Formaggi bei ihrem bevorzugten Lieferdienst – als Belohnung für die talentierte Bestsellerautorin.

Kapitel 29

Kilian und Nora Derm lehnten an der Wand. Die Gerichtsmedizinerin hatte ihren Overall bis zur Hüfte heruntergekrempelt und sprach konzentriert in ein Diktiergerät. Kilian fühlte sich elend. Er kämpfte mit einem Brechreiz, den er nur mühsam unterdrücken konnte. Aber er durfte keinesfalls vor versammelter Mannschaft kotzen. Das würde ihn auf Jahre zum Gespött der Männerriege machen.

»Kannst du schon etwas sagen?«, fragte er, als die Gerichtsmedizinerin eine Pause machte.

»Du meinst, außer dem Offensichtlichen?«, fragte sie zurück.

»Ja.«

»Es gibt Abwehrspuren an den Händen. Offensichtlich hat sie um ihr Leben gekämpft. Meines Erachtens waren es aber mehrere Täter. Sodass sie keine Chance hatte. Wir müssen natürlich die Ergebnisse der SpuSi abwarten. Für mich sieht es nach einer geplanten Tat und nach einer deutlichen Botschaft aus. Welche und an wen – das musst du rausfinden.«

»Danke«, sagte Kilian.

»Kata war eben bei mir«, schob Nora Derm hinterher.

»Warum?«

»Um mehr über die russische Gemeinschaft zu erfahren. Hast du ihr den Job bei Goldmann verschafft?«

»Ja«, antwortete Kilian.

»Dir ist klar, dass der Typ mehr als zwielichtig ist. Hätten nicht so viele Kollegen ihm Gefälligkeiten geschuldet, wäre er im Knast gelandet.«

»Hmm«, machte Kilian.

»Soll heißen?«, fragte Nora.

»Dass Kata ihre Gründe hat, für ihn zu arbeiten. Frag sie, wenn du mehr wissen willst.«

»Das werde ich: Da kommt sie«, sagte die Gerichtsmedizinerin und zeigte auf eine schlanke, dunkle Gestalt, die sich ihnen im Eilschritt näherte.

»Was ist geschehen?«, fragte Kata gehetzt. Sie ähnelte nur noch entfernt der Frau, die Kilian seit seinem neunzehnten Lebensjahr kannte. Sie wirkte, als ob Furien, Höllenhunde oder sonstige Fabelwesen hinter ihr her wären. Ob Halluzinationen auch zu ihrem Krankheitsbild gehörten? Kilian war sich nicht sicher und hätte gerne mit Nora über Katas Erkrankung gesprochen, aber das wäre ein Vertrauensbruch, den er nicht begehen wollte. Noch nicht. Irgendwann wäre es vielleicht der letzte Ausweg. Aber noch nicht jetzt.

»Woher weißt du, dass wir hier sind?«, fragte er seine Partnerin.

»Eva, Zentrale, lass mich durch«, sagte Kata und versuchte, an Kilian vorbei die Praxis zu betreten. Doch Kilian ließ sich nicht zur Seite schieben. Kata war nicht im Dienst. Und zudem nicht in der Verfassung, in irgendeine Ermittlung zu platzen. Um sie vor sich selbst zu schützen, stellte er sich ihr in den Weg und fand sich wenige Sekunden später auf dem Boden wieder. Kata hatte ihn mit voller Wucht umgestoßen. Jetzt stürmte sie an den Kollegen vorbei ins Innere der Praxis, und Kilian hörte einen Schrei. Es klang, als ob die Höllenhunde sie erreicht und angegriffen hätten. Kilian rappelte sich auf und folgte Kata. Sie hockte auf dem Boden und starrte den nackten Leichnam, den sie vor einer Viertelstunde als Dr. Apollinaria Müller identifiziert hatten, an. Ihre Hände zuckten, und Kilian sorgte sich, dass sie den Tatort kontaminieren würde. Doch Kata behielt ihre Hände bei sich. Sie schlug sich mit ihnen wiederholt gegen den Kopf und schrie etwas, das er erst bei der dritten Wiederholung verstand.

»Das ist meine Schuld. Das ist meine Schuld. Meine.«

Er wollte Kata aufhelfen und sie rausführen, doch Nora Derm kam ihm zuvor. Sie fing Katas geballte Fäuste mit ihren großen Händen ab und sprach beruhigend auf sie ein. Patrizia Schöne, die das Einpacken ihrer Fotoausrüstung für das Spektakel unterbrochen hatte, und alle anderen noch im Raum befindlichen Kollegen starrten Kata an. Das ist das Ende, dachte Kilian. Von diesem Auftritt wird sich Katas Ruf nicht mehr erholen. Hiernach gab es für sie kein Zurück in den Polizeidienst.

Kapitel 30

Kata starrte zum Fenster hinaus. Städte. Dörfer und Äcker zogen an ihr vorüber. Sie fixierte die Landschaft vor dem Zugfenster, konnte aber nicht verhindern, dass gelegentlich ihr Spiegelbild im Glas aufblitzte. Das Gesicht einer Fremden, wie Kata fand. Der gehetzte, besorgte Ausdruck hatte nichts mehr mit der Frau gemein, die sie einmal gewesen war. Nur noch diesen Fall aufklären. Nur diese Russin finden, dann wird alles gut, sagte sie wieder und wieder zu sich selbst. Offenbar, ohne es selbst zu glauben, denn der waidwunde Blick blieb.

»Alles in Ordnung?«

Neben Kata war eine Schaffnerin aufgetaucht, die sie besorgt anblickte. Wahrscheinlich hatte sie sich wieder seltsam aufgeführt.

»Ja. Danke. Holen wir die Verspätung auf? Ich muss meinen Anschluss bekommen.« Statt einer Antwort lächelte die uniformierte Frau müde. Kata war auf dem Weg nach Tübingen, wo sie Waltraud von Lubitsch treffen wollte. Wie versprochen, hatte Nora Derm ihr umgehend einen Termin mit der Leiterin des Vereins zur Erforschung Parapsychologischer Phänomene ausgemacht. Im persönlichen Gespräch, glaubte Kata, würde es ihr leichterfallen, über das irrwitzige Thema zu reden als am Telefon. Denn in Gesichtern verstand sie noch immer zu lesen.

Von Lubitsch war promovierte Psychologin und diplomierte Physikerin. Seit drei Jahrzehnten befasste sie sich mit Dingen, die die meisten Menschen als Unsinn abtaten – bis sie selbst damit in Kontakt kamen. So war es auch Kata ergangen, die noch vor wenigen Wochen den Gedanken an Übersinnliches mit einem müden Lächeln abgetan hätte. Dann hatte sie erlebt, wie sich Gegenstände bewegten. Menschen offensichtlich im Bann eines dubiosen Priesters standen und eine Frau rituell ermordet wurde. Nicht *eine Frau*, dachte Kata. Die Tote hat einen Namen. Und als sie sie das letzte Mal lebend gesehen hatte, hatte sie auch noch eine Vulva. Kata stöhnte auf. Dass sie der Ärztin nicht geholfen, ihren Tod nicht verhindert hatte, obwohl die Bedrohung offensichtlich war, würde sie sich nie verzeihen. Die Schuldgefühle, die Kata empfand, waren so mächtig, dass sie den Gedanken vertagen musste: Ich werde darüber nachdenken, wenn ich es ertragen kann. Nach der Therapie.

Ihr ICE kam mit zwölf Minuten Verspätung in Stuttgart an, sodass der Anschluss nach Tübingen bereits weg war. Kata musste notgedrungen auf den nächsten Zug warten. Sie holte sich einen Kaffee to go, der im Pappbecher lauwarm und eklig schmeckte, setzte sich auf eine stählerne Bank und ging ihre Notizen noch einmal durch. Keinesfalls durfte sie wichtige Details vergessen. Sie hoffte, dass von Lubitsch ähnliche Fälle kannte und aufgrund ihrer Erzählungen eine Art Ferndiagnose liefern konnte. Laut ihrem Wikipedia-Eintrag war sie schon fast siebzig und leitete den Verein seit 1991. Das war eine verdammt lange Zeit, in der die Wissenschaftlerin sicherlich Hunderte, wenn nicht Tausende paranormale Phänomene erlebt hatte. Wenn Kata das, was rund um den Priester passierte, verstand, war sie vielleicht in der Lage, Zeugen aus ihrer Angststarre zu holen und Informationen von ihnen zu bekommen. Kata richtete ihre ganze Hoffnung auf das Gespräch. Sie musste einfach in dem Fall weiterkommen. Die Verschollene finden, das Geld kassieren, in die USA fliegen und ihren Verstand retten.

Gut anderthalb Stunden später stand sie vor einem unauffälligen dreistöckigen Gebäude. Das Haus war in einem freundlichen zarten Gelbton gestrichen. Auf dem Balkon im ersten Stock blühten Geranien. Kata wusste nicht, was sie erwartet hatte, vermutlich ein spektakuläreres Haus. Eines, das die ungewöhnlichen Dinge, die darin geschahen, erahnen ließ. Der einzige Hinweis, den Kata finden konnte, war eine kleine weiße Tafel mit schwarzer Schrift: *Verein zur Erforschung Parapsychologischer Phänomene e.V.* Kata klingelte und wurde von einem jungen schlaksigen Mann, womöglich einem Studenten, in Empfang genommen. Dunkle Holzvertäfelungen. Wuchtige Schreibtische. Hunderte Bücher. Das Innere der Beratungsstelle wirkte genauso veraltet wie jede andere Einrichtung, die auf Spenden und staatliche Fördergelder angewiesen war. Der

Student öffnete eine Tür am Ende eines schmalen Flurs und bat Kata einzutreten.

»Dr. von Lubitsch, Ihr Besuch ist da«, verkündete er.

»Hallo, Frau Sismann, Dr. Derm hat in den höchsten Tönen von Ihnen gesprochen.« Mit ausgestreckter Hand kam eine elegante, grauhaarige Frau auf sie zu. Kata fiel auf, dass ihre Haare für ihr Alter ungewöhnlich dicht waren und die blauen Augen nichts von ihrer Intensität verloren hatten. Die nächsten Stunden waren die seltsamsten ihres Lebens, aber danach wusste sie, was sie zu tun hatte.

Kapitel 31

Albas Gefühle fuhren Achterbahn. Einerseits freute sie sich wahnsinnig auf die Lesung in einer der renommiertesten Buchhandlungen Kölns. Andererseits hatte sie Angst, vor einer so großen Menschenmenge aufzutreten. Angeblich war die Veranstaltung, für die die Buchhandlung rund um den Gebäudekomplex am Neumarkt Plakate aufgehängt hatte, ausverkauft. Das bedeutete, dass über hundert Leute im Publikum sitzen würden. Zweihundert Augen, die sie fixierten. Ihre Premierenlesung am Niederrhein hatte vor weit kleinerem Publikum stattgefunden, und ein Oberstudienrat a.D. hatte genügt, um den Abend zu versauen. Wiederholt stellte er Fragen zu den Szenen im Kollegium: Ob sie wirklich glaube, dass Konferenzen so ablaufen würden? Dass es so viel Neid und Missgunst unter gebildeten Menschen gäbe, deren einziges Ziel es sei, Schülern Wissen zu vermitteln? Glücklicherweise war nach einiger Zeit die Inhaberin der Buchhandlung dazwischengegangen und hatte den alten Besserwisser charmant abgewürgt. Hoffentlich gab es heute keine Neunmalklugen. Puh. Sie merkte, dass sie in eine negative Gedankenspirale abzurutschen drohte und besann sich der vielen freundlichen Kommentare, die sie bekommen hatte. Auch das neue Manuskript machte ihr Hoffnung, denn es erschien ihr noch gelungener als ihr Debüt. Schließlich hatte sie jetzt mehr Erfahrung und war für ihren zweiten Krimi noch größere Risiken eingegangen. Sie fröstelte, als sie an das wütende Gesicht des Rockers dachte, der gegen die Fensterscheibe der abfahrenden U-Bahn geschlagen und wüste Drohungen geschrien hatte.

»Alles okay bei Ihnen?«, fragte die Moderatorin, die die Buchhandlung für den Abend engagiert hatte. Sie hieß Paula Paulsen, was Alba unglaublich albern fand. Wie konnten Eltern ihrer Tochter so etwas antun? Doch offenbar hatte der idiotische Name der Karriere der Frau keinen Abbruch getan. Sie moderierte die *Morningshow* bei einem regionalen Radiosender und hatte sich einen Ruf als Krimikennerin gemacht. Kurz überlegte Alba, wie viel die Buchhandlung der groß gewachsenen, überschlanken Frau wohl zahlen würde. Die Klamotten – schwarzer Blazer, schwarzes T-Shirt und schwarze Lederhose – sahen teuer aus. Und als sie einen Blick auf die roten Pumps von Paula Paulsen erhaschen konnte, bestätigte sich der Eindruck: Prada. Wow, dachte Alba. Von den dreihundertfünzig Euro, die sie für die Lesung erhielt, würde sie sich keine Prada-Pumps leisten können. Die Frau mit den zurückgegelten Haaren und der großen schwarzen Brille, die das gesamte Gesicht dominierte, war ihr schon unsympathisch, bevor sie eine einzige Frage gestellt hatte. Das war keine gute Ausgangssituation für den Abend.

»So, wir haben noch zweiundzwanzig Minuten. Dann

geht es los. Ich muss nur noch die letzten Kapitel lesen«, sagte Paula Paulsen.

»Sie haben das Buch nicht gelesen?«, fragte Alba völlig entgeistert. Wie konnte das sein? Ein derartiges Verhalten erschien ihr im höchsten Maße unprofessionell.

»Machen Sie sich keine Sorgen. Ich bin eine Schnellleserin. Das geht ruckzuck«, lachte die Moderatorin. Sie drehte sich um und verschwand in einen Nebenraum. Alba schüttelte sich und spähte vorsichtig durch den Vorhang, den die Buchhandlung für die Veranstaltung aufgehängt hatte. Hier und da saßen bereits Leute im Publikum. Aber von hundert Besuchern konnte keine Rede sein. Alba schätzte, dass es höchstens dreißig Männer und Frauen waren, die sich in dem großen Raum verloren. O Gott. Was, wenn nicht mehr kamen? Und der Abend ein totaler Reinfall würde? Alba wischte ihre schweißnassen Hände an der Hose ab. Sie wünschte sich, dass irgendjemand da wäre, der sie unterstützte. Aber ihre Eltern hatten es nicht einmal zur Premierenlesung im Nachbarort geschafft. Köln wäre ihnen als Weltreise erschienen. Ihre Agentin hatte andere Termine, und ihre Lektorin besuchte die Lesung eines der Top-Autoren des Verlags.

Es ertönte ein Gong, und eine Mitarbeiterin der Buchhandlung trat vor den Vorhang. Alba spähte noch einmal nach draußen und sah, dass weitere Besucher eingetroffen waren. Doch die Reihen waren nicht einmal halb gefüllt. Offenbar hofften auch die Veranstalter nicht mehr auf ein volles Haus, denn sie forderten die Anwesenden auf, nach vorne zu rutschen.

»Leere Plätze in den ersten Reihen sind ein schlechtes

Omen«, sagte die Buchhändlerin bemüht munter. Die meisten kamen der Aufforderung nach, und für fünf Minuten herrschte lautes Stühlerücken. Das wird ein Desaster. Alba fühlte den Knoten in ihrer Brust, den vertrauten Gefährten ihrer einsamen Nächte. Dass er sich jetzt bemerkbar machte, konnte nur eine Katastrophe ankünden.

»Auf geht's. Erst ich. Dann Sie«, sagte Paula Paulsen und meinte damit vermutlich die Hackordnung.

»Blöde Kuh«, murmelte Alba dem dürren durchgestreckten Rücken der Frau hinterher. Sie wischte noch einmal mit den feuchten Händen über ihre Hose und räusperte sich, um ihre Stimme freizubekommen. Das ist die letzte Lesung, die ich mache, schwor sie sich. Sie hörte, wie Paula Paulsen sprach und sprach. Offenbar dachte sie wirklich, dass sie die Hauptperson des Abends war. Und dann endlich:

»Begrüßen Sie mit mir den neuen Shootingstar am Krimihimmel! Die Schülerin der großen, leider viel zu früh verstorbenen, Clarissa Moor: Alba Ostern.«

Hatte sie wirklich *Ostern* gesagt? Alba konnte es nicht fassen und wollte die Frau vor allen Leuten anfahren. Aber das wäre unprofessionell. Und sie war, ganz im Gegensatz zu Paula Panther, wie sie sie jetzt nur noch nennen würde, professionell. Deshalb lächelte sie, wie sie es von Clarissa gelernt hatte, und ging mit weit geöffneten Armen auf die Bühne.

»Vielen Dank für die freundliche Einführung. Ich freue mich sehr, heute Abend in Köln, meiner Lieblingsstadt, lesen zu dürfen. Das ist eine große Ehre für mich.«

Artiger Applaus und ein paar freundliche Gesichter, die

ihr zunickten. Vielleicht würde es ja doch nicht so schlimm werden. Alba lächelte so angestrengt, dass ihr die Mundwinkel wehtaten. Angeblich signalisierte die Muskelbewegung dem Gehirn Fröhlichkeit, und tatsächlich fühlte sie sich nach einigen Minuten entspannter. Die Fragen und Antworten gingen zwischen der Moderatorin und ihr wie Tennisbälle hin und her. Der Druck wich von Alba. Vielleicht waren Veränderungen doch möglich. Und sie, das ungeliebte Mauerblümchen vom Niederrhein, würde es in der großen Stadt schaffen. Wenn es ihr gelang, die rund 50 Zuschauer mitzureißen, würden sie die frohe Botschaft in die Welt hinaustragen. Ihr neue Leser, Verträge und Möglichkeiten bringen.

Alba war so aufgewühlt vom Erfolg des Abends, dass sie zuerst nicht mitbekam, wie sich die Stimmung im Saal änderte: Fröhliche Lacher klangen plötzlich wie ängstliche Schreie. Hände, die eben noch klatschten, wurden jetzt zur Abwehr erhoben. Doch erst als Paula Paulsen hektisch aufsprang und das Mikrofon fallen ließ, sah Alba sie: Vier Rocker, in die Kutten der *New Demons* gehüllt, gingen durch die leeren hinteren Reihen. Sie warfen Stühle um und kickten mit ihren schweren Stiefeln Bücher durch den Raum. Das sind meine Bücher, dachte Alba wütend. Sie wollte es den anderen nachmachen und fliehen, doch etwas hielt sie auf dem Stuhl zurück. Die neue, überlange Strickjacke, die sie extra für den Abend gekauft hatte, hing in der Armlehne des Stuhls fest. Alba mühte sich hektisch, sie auszuziehen, doch die Rocker hatten schon die Bühne erreicht, bevor jemand die Polizei rufen konnte.

Kapitel 32

Kilian saß im Verhörraum: ihm gegenüber Madita Mukwege, die dunkelhäutige Sprechstundenhilfe der ermordeten Ärztin. Sie musste die ganze Nacht geweint haben, denn ihr attraktives Gesicht war völlig verquollen. Auch jetzt konnte sie nur stockend sprechen, da ihr immer wieder die Stimme brach. Kilian tat die Frau unendlich leid. Genauso wie Apollinaria Müller, die ihren Recherchen zufolge einen brandgefährlichen Job gemacht hatte. Ihm lag ein Bericht vor, dass die beiden Frauen in den letzten Monaten dreimal die Streife gerufen hatten, um aufgestochene Reifen, abgelegte Tierkadaver und herumlungernde Männer zu melden. Doch trotz der akuten Bedrohung hatten sie weitergemacht, bis jetzt. Bis Apollinaria Müller grausam ermordet und die Praxisräume verwüstet wurden. Die Festplatte des PCs war zertrampelt und mit Flüssigkeit übergossen worden. UlAl, der beste Techniker im Präsidium, hatte Kilian wenig Hoffnung gemacht, dass er alle Daten würde retten können. Ein Karteikasten, der auf dem Schreibtisch von Madita Mukwege gestanden hatte, war angezündet worden. Die wenigen noch lesbaren Stellen enthielten nur Abkürzungen, keiner der Namen war komplett ausgeschrieben. Offenbar sollten die Patientinnen so geschützt werden. Und deshalb brauchten Kilian und seine Kollegin Laura Gerhardt dringend die Aussage der Assistentin. Dass Lisa Altmeier sich krankgemeldet hatte, war Kilian nur recht. Er hoffte, dass sich die Sache nicht rumsprechen würde. Nicht auszudenken, wenn die Männerregie rund um Rolf Weber von seinem Seitensprung erfahren würde. Konzentrier dich, rief er sich selbst zur Ordnung. Sein privates Drama war im Vergleich zu dem Fall lediglich Peanuts.

»Wir wären Ihnen sehr dankbar, wenn Sie uns eine Liste von Patientinnen erstellen könnten, deren Familie, Clan, Community, was auch immer, Sie für besonders gefährlich halten«, bat er die Zeugin.

»Und dann? Wollen Sie bei den Frauen vorbeifahren?«, fragte die Sprechstundenhilfe aufgebracht.

Sie hatte recht. Die Ermittlungen stellten sie vor ein Dilemma: Dass die Täter aus dem sozialen Umfeld der Patientinnen stammten, war mehr als eine Arbeitshypothese. Doch wenn sie Dutzende Frauen zu Hause aufsuchten, würden sie sie womöglich erst zur Zielscheibe machen. Bei dem Gedanken an die sogenannten Ehrenmorde wurde es Kilian eiskalt.

»Sie haben recht. Ich werde für zusätzliches weibliches Personal sorgen, dass die Frauen auf dem Weg zur Arbeit, auf Spielplätzen, oder wo immer sie sich allein und unbeobachtet aufhalten, befragt. Wir werden größte Vorsicht walten lassen. Das verspreche ich Ihnen«, sagte Kilian.

»Ihre Kollegen hatten auch versprochen, regelmäßig

Streife zu fahren und uns zu schützen. Wozu das geführt hat, sehen Sie ja.« Madita Mukwege begann wieder zu weinen. Und Kilian fühlte sich schuldig.

»Bitte glauben Sie mir. Wir werden alles daransetzen, die Täter so schnell wie möglich zu fassen. Aber dafür brauchen wir Ihre Hilfe. Wir brauchen Namen. Je schneller, je besser. Es besteht die Gefahr, dass sich die Täter ins Ausland absetzen.«

Sein kleiner Monolog hatte die Sprechstundenhilfe offenbar überzeugt, denn sie begann, etwas aufzuschreiben. Doch die Liste war kurz, viel zu kurz, wie Kilian fand, denn es standen lediglich zwei Namen auf dem Papier.

»Was ist das?«, fragte er vorsichtig.

»Das sind die Namen zweier Familien. Mehrere der Männer sind vorbestraft und äußerst gewaltbereit. Die Frauen aus diesen Familien, die wir behandelt haben, sind tot. Sie können ihnen also nicht mehr schaden«, sagte die Sprechstundenhilfe.

»Sie sind tot?«, echote Kilian.

»Ja.«

»Wir werden uns diese Familien ansehen, aber das ist doch sicher nur ein Bruchteil möglicher Verdächtiger. Wir brauchen die Namen aller Patientinnen, die aus ähnlichen Verhältnissen kommen. Wirklich aller«, betonte er. Madita Mukwege blickte erst zu Kilian, dann zu seiner Kollegin.

»Ich werde mit den Anwältinnen sprechen, die uns ehrenamtlich unterstützen und fragen, inwieweit ich verpflichtet bin, Ihnen diese Liste zu liefern.«

»Sie wollen doch auch, dass die Täter gefasst werden, oder etwa nicht?«, fragte Kilian zurück und fühlte sich bereits elend, während er die Worte aussprach. Aber ohne die Namen würden sie nicht weiterkommen. Er stöhnte auf.

»Kann ich jetzt gehen?«, fragte Madita Mukwege.

»Einen Moment noch, bitte. War diese Frau bei Ihnen Patientin? Ich kann Ihnen garantieren, dass sie von keinem männlichen Verwandten irgendetwas zu fürchten hat.« Kilian drehte sein Smartphone um, dass die Sprechstundenhilfe das Foto sehen konnte. Trotz seiner Versicherung zögerte die Frau. Sie stand auf, und Kilian hatte keine Handhabe, sie zum Bleiben zu zwingen. Madita Mukwege stand bereits in der Tür, als sie sich noch einmal umwandte.

»Sie war keine unserer Patientinnen«, sagte sie schließlich.

»Sondern?«, hakte Kilian sofort nach. »Sie war doch bei Ihnen? Was hat sie gewollt?«

»Sie hat Fragen gestellt. Genau wie Sie.«

Auf diese Bestätigung hatte Kilian gewartet. Kata hatte ihren Zusammenbruch in der Praxis nicht weiter erklärt. Und erst war er versucht gewesen, ihn ihrer Krankheit zuzuschreiben. Bei seinen Internetrecherchen war er auf furchtbare Artikel gestoßen: Einer beschrieb das traurige Schicksal des ehemaligen Football-Profis Aaron Hernandez. Wie Kata hatte er unter CTE gelitten, paranoide Verhaltensweisen gezeigt, einen Mord und schließlich Selbstmord begangen. Aber das war offenbar in einem weit fortgeschrittenen Stadium erfolgt. Und das hatte Kata glücklicherweise noch nicht erreicht, denn sie hatte in der Praxis ermittelt. Ihren Job gemacht – Kilian fühlte unendliche Erleichterung. Zugleich beschlich ihn ein ungutes Gefühl: In ihrer momentanen Verfassung stellte Kata für jede Ermittlung ein unkalkulierbares Risiko da.

Kapitel 33

Kata rannte, kaum dass der Zug im Kölner Hauptbahnhof angekommen war, durch die Bahnhofshalle und zum Heumarkt. Von dort fuhr die Straßenbahn nach Kalk und würde hoffentlich weniger lang brauchen als ein Taxi, das sich durch den Kölner Feierabendverkehr quälte. Kata trommelte unruhig auf die Rückenlehne des Sitzes, an den sie sich gelehnt hatte. In wenigen Minuten würde sie sich den Priester vorknöpfen und notfalls die Wahrheit aus ihm herausprügeln.

Was sie in der parapsychologischen Beratungsstelle erfahren hatte, war purer Sprengstoff. Erst hatte die Wissenschaftlerin gezögert. Sie wolle nicht spekulieren, ohne den Fall und die beteiligten Personen näher zu kennen. Doch nachdem Kata ihr vom Mord an der Ärztin erzählt hatte, änderte sich die Stimmung. Das traurige Ende von Apollinaria Müller hatte es sogar in die überregionalen Medien geschafft, denn sie war für ihre Arbeit mit dem Bundesverdienstkreuz ausgezeichnet worden. Kata fühlte sich elend. Wie viele Praxen in Köln jetzt wohl noch bereit waren,

Frauen in vergleichbaren Notsituationen zu helfen? Vermutlich mussten sie sich bald, wie die Abtreibungskliniken in den USA, einen privaten Wachdienst zulegen. Ob es Sympathie für die Ermordete oder Katas Penetranz war – von Lubitsch hatte nach einiger Zeit angefangen, die komplexen Zusammenhänge laienverständlich zu erklären:

»Meiner Überzeugung nach sind solche Spukphänomene eine Art psychosomatische Reaktion außerhalb des Körpers«, sagte die Wissenschaftlerin. »Einige Menschen werden in Extremsituationen psychosomatisch krank. Andere sind in der Lage, es nach außen zu verlagern, so entstehen die Störungen in ihrer Umgebung.«

»Sie meinen: Der Priester hat eine Lebenskrise, und deshalb spukt es?«, fragte Kata ungläubig nach.

»Um es mit Bestimmtheit sagen zu können, müsste ich mit allen Beteiligten sprechen. Mir die Geschehnisse vor Ort ansehen. Aber das dürfte in diesem Fall schwer sein.«

»Unmöglich, fürchte ich«, warf Kata ein.

Die Psychologin fühlte sich sichtlich unwohl, doch der Wunsch zu helfen war offenbar größer als ihre Bedenken.

»Menschen, in deren Umfeld solche Phänomene beobachtet werden, nennen wir Geistgänger. Sie haben Probleme, die sie verdrängen und externalisieren.«

»Was bedeutet das: externalisieren?«, fragte Kata nach.

»Sie haben die Neigung, unangenehme Dinge von sich wegzuschieben …«

»Und dann schieben sich Bilderrahmen über den Tischrand? So einfach ist das?« Kata lachte auf.

Von Lubitsch wiegte den Kopf hin und her.

»Na ja, ganz so einfach ist es nicht. Denn auch ich weiß nicht, wie der Mechanismus konkret funktioniert. Aber das wissen Mediziner bei psychosomatischen Erkrankungen auch nicht«, schloss sie mit Bestimmtheit.

Kata ging ihre Notizen durch. Schloss die Augen, um klarer denken zu können, und versuchte sich an einer Zusammenfassung:

»Das unausgesprochene, verdrängte Problem, das den Priester so stark belastet, dass er es extern ..., extera ..., was auch immer nach außen schiebt und so Gegenstände bewegt, ist die ›engelsgleiche‹ Verlobte?«

»Das ist Ihre Annahme. Und nach dem, was Sie mir erzählt haben, spricht einiges dafür. Aber ich werde mich hüten, eine solche Ferndiagnose zu erstellen. Wie gesagt: Dafür müsste ich mit den Personen sprechen und das Phänomen vor Ort beobachten.«

»Was nicht möglich ist«, sagte Kata.

»Was nicht möglich ist«, wiederholte die Wissenschaftlerin. »Leider.«

»Kalk Post« – die blecherne Stimme der Straßenbahnansage brachte Kata zurück ins Hier und Jetzt. Sie sprang aus der Bahn und legte die siebenhundert Meter zur russisch-orthodoxen Kirche im Laufschritt zurück. Fast freute sie sich auf die Konfrontation mit dem fleischgewordenen Anachronismus. Sie hatte keine Beweise, dass die lachhaften Moralvorstellungen, die er predigte, zum Mord an Apollinaria Müller geführt hatten, aber dass er in der russischen Diaspora ein frauenfeindliches Klima schuf – das hatte sie mit eigenen Ohren gehört. Und das reichte ihr, um sich ihrer Kernkompetenz zu bedienen: einer Kampfbereitschaft, die sich aus tiefer innerer Überzeugung speiste. Mit einem Satz nahm sie die drei Stufen zum Kirchenportal und drückte schwungvoll gegen die massive hölzerne Kirchentür. Doch sie ließ sich nicht bewegen. Verschlossen und verriegelt. Fuck.

Kapitel 34

»Gib mir dein verdammtes Handy«, forderte der hässliche Rocker, der sich vor Alba aufgebaut hatte.

Alba fummelte in der großen Umhängetasche herum, die sie neben ihrem Stuhl auf die Bühne gestellt hatte. Doch sie konnte es nicht finden. Sie wühlte und wühlte mit ihren Händen durch die Gegenstände im Inneren der dunklen Tasche und stieß dabei auf ihr Portemonnaie, ihre Schlüssel, den Notizblock, in dem sie spontane Einfälle notierte, ihre Schminktasche, diverse Stifte, aber nirgendwo war das Samsung. O Gott, o Gott. Die bringen mich um, dachte Alba.

»Wird es bald?«, herrschte der Grobian sie an.

»Ich, ich, ich kann es nicht finden«, stotterte Alba. Woraufhin der Rocker nach ihr griff. Alba hob die Arme, um sich zu schützen und rechnete mit dem Schlimmsten. Doch der Rocker hatte nicht nach ihr, sondern nach der Tasche gegriffen, deren Inhalt er jetzt auf dem Boden verstreute. Während sie durch ihre erhobenen Hände schielte, fühlte Alba, wie etwas Warmes ihre Beine herunterlief. Sie hatte sich in die Hose gemacht. Schamesrot versuchte sie, ihre Strickjacke um die Beine zu wickeln, damit der Rocker die eingenässten Stellen nicht sah. Doch der Mann hatte ohnehin nur Interesse an den Sachen aus der Tasche. Er warf alles, was er nicht gebrauchen konnte, zur Seite und entdeckte schließlich in einer halb geöffneten Schachtel Tampons ihr Smartphone. Angeekelt zog der Mann es heraus und beugte seine dämonische Fratze zu ihr. Sein Atem roch nach Zigarettenqualm und Karies.

»Hast du Kopien davon gemacht?«.

»Nein, nein«, log Alba.

Und offenbar merkte der Rocker, dass sie log, denn dieses Mal griff er tatsächlich zu. Er presste ihren Arm mit seiner Pranke so fest zusammen, dass Alba glaubte, er würde ihn abreißen.

»Wenn du die Aufnahmen benutzt, kommen wir wieder und machen dich fertig. Du weißt jetzt, dass wir dich überall finden.«

Albas Arm brannte wie Feuer. Aus ihrem verkrampften Magen stieg Übelkeit auf. Und der erkaltete Urin klebte wie Uhu auf ihrer Haut.

»Ja, ja, ich habe verstanden. Ich werde das alles vergessen. Es tut mir leid. So leid«, schluchzte sie.

»Was stinkt hier so?«, fragte der Rocker und schnüffelte herum, bis er die Ursache des Geruchs entdeckte.

»Guckt euch das an. Die Alte hat vor Schiss in die Hose gepisst.« Er lachte dröhnend und schubste Alba, die mit dem Stuhl nach hinten flog und schmerzhaft auf der Bühne landete. Zwei der *New Demons* stimmten in das bösartige Lachen des Mannes ein. Der dritte las so angeregt in einem Buch, dass er von der ganzen Aktion nichts mitbekam.

»Was machst du da, Heiner?«, fragte ihr Angreifer den Mann. Und als keine Reaktion erfolgte, schrie er in voller Lautstärke:

»Heiner!«

»Ja«, antwortete der Angesprochene. »Was denn?«

»Was zur Hölle machst du da?«

»Ich lese«, antwortete der Mann.

Alba schielte vom Boden zu dem Rocker und glaubte einen Moment, dass das schwarze Cover mit der auffälligen roten Schrift, das er in seinen behaarten Händen hielt, ihr Krimi war. Doch nachdem sie die Tränen weggeblinzelt hatte, erkannte sie *AchtNacht* von Sebastian Fitzek.

Kapitel 35

Kata schlich um die Kirche herum und suchte nach einer Möglichkeit einzusteigen. Doch das Gotteshaus glich einer Trutzburg. Und hatte sie nicht ohnehin einen Denkfehler gemacht? Warum sollte sich der Pope spätabends in der Kirche aufhalten? Wäre er nicht viel wahrscheinlicher zu Hause? Doch wo war dieses Zuhause? Wohnten Geistliche auf dem Kirchengelände? Oder waren das die Küster? Kata hatte keine Ahnung, beschloss aber, das Grundstück abzusuchen. Hinter einer dichten immergrünen Hecke sah sie einen schwachen Lichtschimmer. Sie folgte ihm und stand wenig später vor einem unauffälligen Häuschen. Im Vergleich zur russisch-orthodoxen Kirche wirkte der weiße Bau mickrig. Nichts an ihm deutete auf den Priester als Bewohner hin: keine christlichen Symbole, auch kein Namensschild. Kata betätigte den gusseisernen Klopfer, der an der massiven Holztür hing. Als keine Reaktion erfolgte, umrundete sie das Gebäude und stieß auf die Terrassentür. Sie stand ein kleines Stück offen. Kata entsicherte ihre Waffe und schob die Tür vorsichtig mit dem Fuß auf. Der Ort wirkte bedrückend auf sie, was nicht nur daran lag, dass das letzte Licht des Tages schwand. Sie fühlte, wie sie Gänsehaut bekam und schalt sich selbst eine Idiotin, die mit fortschreitender Krankheit das letzte bisschen Courage einbüßte. Doch dann hörte sie ein leises Wimmern. Es kam aus dem Nebenraum, in den Kata vorsichtig trat. Sie sicherte das Zimmer lehrbuchmäßig in alle Richtungen, bevor sie weiterging. Der Quelle des Geräuschs entgegen. Dann sah sie ihn: Er lag in seinem Blut. Die Kutte war ihm bis zur Hüfte hochgezogen worden, und Kata blickte auf sein zerfetztes Geschlechtsteil. Das Gemetzel machte es schwer, die genaue Art der Verletzung zu erkennen. Auch lagen die abgetrennten Teile noch da, wo sie üblicherweise fest verwachsen waren. Für Kata sah es nach einer Vollkastration aus: Dem Priester waren offenbar Penis und beide Hoden abgetrennt worden.

Trotz des enormen Blutverlusts lebte der Mann noch, denn Kata hörte wieder das Wimmern. Während sie ihr Handy aus der Hosentasche zog und den Notruf betätigte, beugte sie sich zu dem Mann und sprach beruhigend auf ihn ein:

»Der Krankenwagen ist sofort da. Bleiben Sie still liegen. Ich versuche, die Blutung zu stoppen.«

Sie gab der Zentrale die Art der Verletzung und die Adresse durch, zog dann ihre leichte Lederjacke und das weiße T-Shirt darunter aus. Vorsichtig presste sie es auf die Wunde. Sorgsam darauf bedacht, die abgetrennten Geschlechtsteile nicht zu berühren. Innerhalb von Sekunden färbte sich der weiße Stoff rot. Katas Blick suchte den Raum nach einem Tuch ab. Sie entdeckte mehrere sauber gefaltete Stoffservietten auf dem Esstisch und wollte schon aufstehen, als sie die Hand des Priesters fühlte. Er umschloss ihr Handgelenk und starrte sie aus glasigen Augen an.

»Sie müssen sie beschützen«, sagte er so leise, dass Kata Probleme hatte, ihn zu verstehen.

»Wen muss ich beschützen?«, fragte Kata, obwohl sie die Antwort ahnte.

»Meinen Engel. Saschura.«

»Wo ist sie?«, hakte Kata nach.

Doch der Priester antwortete nicht. Die Augen in seinem schmerzverzerrten Gesicht waren wieder geschlossen. Kata beugte sich zu ihm hinunter und hörte seinen röchelnden Atem, der immer leiser und leiser wurde.

»Hören Sie, damit ich ihr helfen kann, muss ich wissen, wo sie ist«, bedrängte sie den Mann, der noch einmal die Augen aufschlug.

»Sie haben so viel gemeinsam«, sagte er, während er durch sie hindurchzublicken schien.

»Auch Saschura hat getötet. Genau wie Sie.«

»Was?« Kata schrie den Sterbenden an. »Was faseln Sie da?«

Es war mehr ein Hauch als ein Satz, und daher war Kata nicht sicher, ob sie den Priester richtig verstand, denn was er sagte, war ungeheuerlich: »Ihre Mutter ...«

Kapitel 36

»Was für eine unglaubliche Schweinerei«, sagte Kilian, kurz nachdem der Krankenwagen eingetroffen war. Der Blick, den er Kata zuwarf, hatte wenig Freundschaftliches.

»Du solltest die Jacke wenigstens zumachen«, riet er. Kata, die unter der karamellfarbenen Jacke nur noch einen schwarzen BH trug, blickte an sich runter, sah das fremde Blut auf ihrer nackten Haut und schloss gleichgültig den Reißverschluss.

»Was hast du hier gemacht?«, fragte Kilian und zückte seinen Notizblock.

»Die verschwundene Verlobte gesucht.«

»In der Wohnung eines russisch-orthodoxen Priesters? Was soll das für eine Spur sein?«

»Eine gute, verdammt noch mal«, herrschte sie ihren Ex-Partner an. Kata fühlte sich entsetzlich. Der Priester war ihre beste, nein, ihre einzige Spur gewesen. Sie hätte schwören können, dass er wusste, wo die Verlobte war. Doch offenbar hatte er selbst keine Ahnung von ihrem Verbleib und Kata stattdessen beauftragt, sie zu beschützen.

Der Wunsch eines Sterbenden, dachte Kata und stöhnte auf.

»Ich möchte von dir einen detaillierten Bericht haben, warum du den Priester aufgesucht hast. Und warum sich in deinem Umfeld die Todesfälle häufen. Auch bei Apollinaria Müller warst du kurz vor ihrer Ermordung – ohne mir davon zu berichten, verdammte Scheiße.«

»Du hast mir diesen beschissenen Job erst besorgt. Schon vergessen?«

Kata und Kilian schrien mittlerweile so laut, dass sämtliche Kollegen zu ihnen starrten.

»Könnt ihr eure privaten Probleme draußen ausdiskutieren? Das Geschrei stört meine Arbeit«, sagte die Gerichtsmedizinerin, die Nora Derm vertrat. In Schuld vereint, schlichen die beiden nach draußen. Kata setzte sich auf die grauen Terrassenstufen, die in einen vernachlässigten Garten führten. Der Ort sah genauso hoffnungslos aus, wie sie sich fühlte. Kilian setzte sich nach kurzem Zögern neben sie.

»Ist dir kalt?«, fragte er.

»Nein«, antwortete Kata.

»Dir ist klar, dass du die Suche nach der Verlobten unverzüglich einstellen musst. Sie ist jetzt Bestandteil offizieller Ermittlungen in einem Mordfall.«

»Dir ist klar, dass ich damit die letzte Chance auf geistige Gesundheit verspiele«, äffte Kata Kilians offiziellen Tonfall nach. Kilian schwieg und drückte seine Hände so fest zusammen, dass sie weiß wurden.

»War der Priester bei deinem Eintreffen bereits tot?«

»So gut wie.«

»Hat er noch etwas gesagt?«, fragte Kilian, der wieder das Notizbuch in Händen hielt. Kata war einen Moment versucht, ihn zu belügen. Dann siegte die Professionalität, die jahrzehntelang ihr Leben bestimmt hatte.

»Er wollte, dass ich diese Verlobte beschütze.«

»Sonst nichts?«

»Nein«, sagte Kata mit Entschiedenheit. »Er hat weder gesagt, vor wem sie Schutz braucht, noch wo ich sie finden kann. « Woher auch immer der Gegenstände bewegende Mann von der Kugel wusste, die sich im Handgemenge gelöst und ihre biologische Mutter getötet hatte – Kata würde niemals darüber sprechen.

Kapitel 37

Alle saßen im Konferenzraum. Auch Lisa Altmeier war wieder zum Dienst erschienen. Mit Kilian sprach sie nur das Nötigste, was ihm recht war. Ein Gespräch über das Geschehene würde ihn überfordern, denn er hatte selbst nicht verstanden, was passiert war. Er rang mit sich, ob er Biggi die Wahrheit erzählen sollte. Eine Beichte würde fraglos sein Gewissen erleichtern, aber wahrscheinlich würde Biggi ihn danach vor die Tür setzen. Sie war nicht der Typ Frau, der still litt und um der Kinder willen alles ertrug. Kilian musste aufgestöhnt haben, denn Laura Gerhardt blickte fragend in seine Richtung. In diesem Moment betrat Dirk Derisoire, der Leiter der Mordkommission, den Raum. Kilian betrachtete es als Glücksfall, dass der komplizierte Fall seine ganze Aufmerksamkeit forderte. So stockten seine stummen Diskussionen wenigstens für einen Moment. Derisoire erinnerte eher an einen Regierungssprecher als an einen Mordermittler. Alles an ihm war eine Spur zu perfekt: der Schnitt des Anzugs, der Glanz der Schuhe und der Schwung der frisch geföhnten Haare.

»Wir gehen von den gleichen Tätern aus«, begann er.

Kilian sah, dass die meisten im Raum zustimmend nickten. Zwei Morde mit Genitalverstümmelung im Abstand von wenigen Tagen konnten kein Zufall sein. Doch Derisoire war noch nicht fertig.

»Wir können es aber auch mit Trittbrettfahrern zu tun haben. Trotz der verhängten Nachrichtensperre sind Details zum Mord an Apollinaria Müller durchgesickert und in diversen Anti-Abtreibungsforen gefeiert worden.«

Er ließ seinen Blick über die Anwesenden streifen, verweilte eine Sekunde länger als nötig bei Lisa Altmeier und fuhr dann fort.

»Die Kollegen der Internen werden sich mit euch unterhalten wollen. Ich erwarte, dass ihr verfügbar seid«, forderte er.

Kilian betrachtete die Gesichter der Anwesenden intensiver. Er sah Müdigkeit, Überdruss und Frustration. Aber keine Angst. Vielleicht waren Denunzianten aber auch einfach gute Schauspieler.

»Was haben die Befragungen der beiden Familien ergeben, die uns die Sprechstundenhilfe genannt hat?«, fragte Derisoire in die Runde, und Rolf Weber antwortete:

»Sackgasse. Die türkische Großfamilie hat Verlobung gefeiert«, sagte er und wischte auf seinem Tablet von einem Bild zum nächsten. »Dank Social Media ist das Event lückenlos dokumentiert. Alle aktenkundigen Intensivtäter tauchen zur Tatzeit auf Facebook-Posts oder Insta-Storys auf. Mit einer Ausnahme ...«

Rolf Weber machte eine Kunstpause, was ihm einen genervten Blick von Derisoire eintrug.

»Mit Ausnahme von Meryem Ataman. Der war auffällig lange auf der Herrentoilette – in Gesellschaft eines minderjährigen Cousins. Mehrere Mitarbeiter des Lokals haben das bezeugt, und die Kollegen vom Drogendezernat sind jetzt um einen Informanten reicher«, schloss Weber, sichtlich stolz auf seine Leistung.

»Okay, was ist mit der ägyptischen Familie?«, hakte Derisoire nach.

Weber ordnete seine Unterlagen und las die Ergebnisse vor: »Drei inhaftiert, zwei tot, einer abgeschoben, der Rest hat ein Alibi.«

»Wäre auch zu schön gewesen. Wie sieht es mit weiteren Namen aus?«, fragte Derisoire, an Kilian gewandt.

»Die Anwältin von Madita Mukwege beruft sich auf ärztliche Schweigepflicht und besondere Gefährdung der Patientinnen. Ohne richterliche Verfügung werden wir hier nicht weiterkommen«, sagte Kilian.

»Und die Spur wird derweil kälter und kälter«, warf Lisa Altmeier ein. »Und das gilt auch für die DNA-Spuren vom Tatort. Wir haben im Sprechzimmer der Ärztin Dutzende Spuren gefunden, allerdings stammen alle bis dato ausgewerteten von weiblichen Personen. Und die schließen wir als Täterinnen ja aus.«

Derisoire ignorierte sie und wandte sich stattdessen an die Kriminaltechnik, die mit der Wiederherstellung der Festplatte befasst war.

»Wie kommen Sie voran, Herr Allseits?«, fragte er, und Kilian überlegte einen Moment, wer Herr Allseits war. Wie alle im Präsidium kannte er den nerdigen Kollegen nur als UlAl, ein Spitzname, der noch aus seiner aktiven Zeit beim

Chaos Computer Club herrührte. Ein tätowiertes Pesthörnchen, eine Mischung aus Totenkopf und dem Logo der Deutschen Post, erinnerte an die Zeit. Das fiese kleine Ding prangte auf UlAls Oberarm und guckte regelmäßig unter dem Rand des T-Shirts hervor, auch jetzt. Normalerweise musste Kilian bei dem Anblick immer schmunzeln. Nur nicht heute.

»Ich habe einige Daten sichern können. Allerdings sind sie passwortgeschützt. Und das wurde nicht von Laien gemacht«, erklärte UlAl.

»Aber Sie schaffen das?«, erkundigte sich Derisoire.

»Ich denke schon. Ich kann aber nicht sagen, wie lange es dauert. Rechnen Sie lieber mit Tagen, vielleicht sogar Wochen.«

Derisoire war offenbar angespannt, denn er fuhr sich wiederholt durch die dichten dunklen Haare. Während bei anderen Männern über vierzig die Haare allmählich dünner wurden, wuchsen dem Leiter der Mordkommission ständig neue Büschel. Wobei *wachsen* der falsche Begriff war. Implantiert trifft es eher, dachte Kilian und wunderte sich, warum er sich Katas Überlegungen zu eigen machte. Sie hatte sich immer über die Eitelkeit ihres gemeinsamen Vorgesetzten lustig gemacht. Seine Kompetenz infrage gestellt. Doch Kilian war mit ihm stets gut zurechtgekommen. Er hatte nie einen Grund gehabt, seine Energien bei unnützen Scharmützeln zu verschwenden. Darum formulierte er seinen nächsten Satz auch sehr vorsichtig. Derisoire sollte sich keinesfalls angegriffen fühlen.

»Ich bin nicht sicher, dass wir auf die Decodierung warten müssen«, sagte er langsam.

»Sondern?«, versetzte sein Chef.

»Wir suchen eine Verbindung zwischen den Opfern, richtig?«

»Die wahrscheinlichste Verbindung sind Patientinnen aus der russisch-orthodoxen Community – wenn wir einen Trittbrettfahrer ausschließen«, erklärte Derisoire.

»Aber das ist unwahrscheinlich«, sagte Kilian. »Wenn wir davon ausgehen, dass die Ärztin wegen ihrer Arbeit getötet wurde – warum sollten die gleichen Personen den Priester abschlachten?«

Derisoire fuhr sich wieder über den Kopf, streichelte einzelne Strähnen. Kilian ging die Marotte mittlerweile ernsthaft auf die Nerven.

»Das ist ein wichtiger Punkt, Kilian«, sagte sein Chef schließlich.

»Also doch ein Trittbrettfahrer?«, warf Rolf Weber ein.

»Oder ein Bindeglied, das wir bis dato nicht auf dem Schirm hatten: Saschura Jelena Solowjowa«, erwiderte Kilian.

»Wer ist das?«, fragten Derisoire und Weber gleichzeitig.

Kilian legte den Vermisstenfall der russischen Verlobten dar, soweit er ihn kannte.

»Sind die Kollegen mit dem Fall befasst? Sollen wir sie hinzuziehen?«

»Es gibt keine offizielle Vermisstenanzeige. Kata ist mit der Suche von einer privaten Firma beauftragt worden«, sagte Kilian und fühlte sich wie ein Verräter. Auf dem Gesicht seines Vorgesetzten breitete sich Widerwillen aus.

Ein Klopfen unterbrach die plötzliche Stille im Raum.

Derisoire rief unwirsch »Herein«, und Nora Derm betrat schwungvoll den Raum.

»Hallo, zusammen«, sagte sie in die Runde.

»Frau Dr. Derm, was führt Sie zu uns?«, fragte Derisoire.

»Die Kollegin, die die Obduktion von Jegor Papow vorgenommen hat, hat mich eben dazugerufen, um sich abzustimmen. Wir vermuten, dass die Verstümmelungen der Genitalien in beiden Fällen von Profis durchgeführt wurden«, sagte die Gerichtsmedizinerin und breitete Fotos auf dem Konferenztisch aus.

»Wie Sie hier und hier sehen können, wurden die Schnitte schnell und entschlossen durchgeführt. Es gibt kein wiederholtes Ansetzen oder Abrutschen der Waffe. Wer immer die Taten begangen hat, ist entweder Chirurg, Metzger oder Folterknecht.«

Kapitel 38

»Hast du Piet gesehen?«, fragte Kata den dritten Barkeeper in Folge.

»Nee, schon länger nicht«, lautete auch in diesem Fall die Antwort. Kata fragte sich, was aus dem Dealer ihres Vertrauens geworden war. Ob ihre Kollegen von der Drogenfahndung ihn einkassiert hatten? Jetzt, wo alles egal war, wo sie keine Chance mehr sah, die verschwundene Verlobte in naher Zukunft zu finden, hatte sie beschlossen, Party zu machen. Noch einmal Spaß zu haben. Zu tanzen, bis ihr die Beine versagten. Die bestaussehenden Kerle abzuschleppen. Und danach ein letztes Date mit ihrer Walther PPK zu haben. Doch für einen echten Feier-Marathon brauchte sie ein bisschen chemische Hilfe. Kata sah sich im *Club Bahnhof Ehrenfeld* um. Die Technomusik dröhnte in dem alten Bahnhofsbogen, der direkt unter dem modernen S-Bahnhof lag. Psychedelische Lichtspiralen tanzten über die groben Steinwände und gewölbten Decken. Einen Moment war Katas Gesicht in Lilatöne getaucht, danach leuchtete es rot auf und badete schließlich in Neongrün. Sie tanzte, wie sie schon lange nicht mehr getanzt hatte: selbstvergessen und frei von Sorgen. Warum sollte sie sich jetzt noch Sorgen machen? Dass sie den Verstand verlor? Und allmählich zu einer Gefahr für sich und andere wurde? Das lange Wochenende, das vor ihr lag, würde ihr von CTE zerfressenes Hirn noch ohne Amoklauf überstehen. Und danach würde sich ihre Aggression ein letztes Mal gegen sie selbst richten. Ob sie Kilian einen Abschiedsbrief schreiben sollte? Und Bo? Bo hatte sie immer unterstützt. Es war nicht sein Fehler, dass der Kampf gegen K.o.-Suzi schiefgelaufen war. Er hatte alles getan, um sie auf die überlegene Gegnerin vorzubereiten, die sie besiegt hätte, wenn sie nicht vor dem finalen Treffer zurückgeschreckt wäre – weil diese einen Herzinfarkt zu erleiden drohte. Mit ungeheurer Wucht schoss der Gedanke wie einer der Dancefloor-Lichtblitze in Katas Gehirn. Plötzlich wusste sie wieder, warum der Kampf mit ihrer Niederlage geendet hatte. Sie löste sich aus der Masse der Tanzenden, die einem wogenden Organismus glich. Einem Moment schwankten sie vor, dann zurück. Wie ein Fischschwarm. Um ihm zu entkommen, musste Kata gegen den Strom schwimmen. Eine Kunst, die sie beherrschte. Und so stand sie fünf Minuten später vor dem Eingang des Clubs. Dutzende Nachtschwärmer hatten es sich auf den Bänken des Biergartens bequem gemacht, der zum Bahnhof Ehrenfeld gehörte. Bunte Lichterketten, mannshohe Bambussträucher und hölzerne Liegen schufen ein Urlaubsambiente. Kata atmete die Luft der lauen Spätsommernacht ein. Sie roch verheißungsvoll nach Schweiß, Alkohol und billigem Öl – an einem der Foodtrucks auf der anderen Straßenseite dampfte die Fritteuse. Eine schlanke Frau mit kurzem Rock und wallenden roten Haaren nahm eine Portion Pommes entgegen und schlenderte dann langsam vom erleuchteten Stand weg, als sich ihr zwei Kerle näherten. Die Typen schwankten und waren offenbar auf Drogen. Erst sprachen sie auf die Frau ein. Versuchten sie wohl zu irgendetwas zu überreden. Als sie darauf nicht reagierte, legte einer der Männer den Arm um sie und zog sie an sich, wobei die Pommesschale zu Boden fiel. Seine Hand wanderte zum Hintern der Frau und versuchte, unter ihren Rock zu gelangen. Die Frau wehrte die tastende Hand mit einem entschlossenen Griff ab, als der zweite Mann sie von hinten umklammerte. Dadurch wurden ihre Arme blockiert, und die Hand des ersten Angreifers verschwand tief in ihrem Rock. Mist, dachte Kata. In einem anderen Leben hätte sie längst eingegriffen und die beiden Typen vertrieben. Aber sie saß gerade so bequem in ihrem Sessel, den Whisky in der Hand und das Partydröhnen in den Ohren. Auch hatte die Frau nicht um Hilfe gerufen.

Würde sie es tun, kämen bestimmt ein paar edle Ritter angaloppiert und würden Kata die Arbeit abnehmen.

Sekunden später wusste Kata, warum die Rothaarige nicht geschrien hatte: Sie rammte ihr Knie in die Weichteile des ersten Typen und machte fast im gleichen Moment einen energischen Hüftschwung, was den zweiten Mann erst auf ihren Rücken und dann auf den Asphalt neben seinen Kumpel beförderte. Ohne das Whiskyglas in der Hand hätte Kata applaudiert. Krav Maga, dachte sie. Kata fand Gefallen an der Frau und betrachtete sie genauer.

Ihr Gesicht wirkte ruhig. Nur ihr Haar, oder besser ihre Perücke, war verrutscht. Unter der roten Lockenpracht kamen strahlend blonde Haare zum Vorschein. Und die Frau wirkte plötzlich wie ein Engel. Ein Engel, der geschickt worden war, um auf Erden für Gerechtigkeit zu sorgen. Kata ließ ihr Glas fallen, sprang aus dem Sessel, rannte über die schmale Straße und fing die Frau ab, die gerade Anstalten machte, wieder zu verschwinden.

Kapitel 39

»Kilian, das nenne ich eine Überraschung.« Lukas Goldmann kam mit ausgestreckten Händen auf ihn zu. Kilian waren die Umarmung und das Schulterklopfen unangenehm, aber er wollte die Ermittlung nicht gleich zu Beginn durch eine Zurückweisung gefährden.

»Und wen haben wir da?«, fragte Goldmann, während er Lisa Altmeier ein übertrieben freundliches Lächeln schenkte.

»Lisa Altmeier, meine neue Kollegin«, murmelte Kilian. »Können wir uns setzen?«

»Selbstverständlich. Womit kann ich euch helfen?«, fragte Goldmann, der wieder hinter seinem großen schwarzen Tisch Platz genommen hatte. Betont beiläufig schloss er seinen Laptop und eine Akte, die vor ihm gelegen hatte.

»Wir möchten dich bitten, uns mehr von dem Vermisstenfall zu erzählen, an dem Kata aktuell für dich arbeitet«, sagte Kilian.

»Aktuell ist gut. Ich habe schon seit sechsunddreißig Stunden nichts mehr von ihr gehört.«

Sechsunddreißig Stunden? So viel Zeit war seit dem Mord an dem Priester vergangen.

»Darf ich dich trotzdem bitten?« Kilian lächelte freundlich und zog demonstrativ sein Notizbuch. »Saschura Jelena Solowjowa ist die Verlobte deines langjährigen Klienten Akula Bogdanow. Was weißt du über die Frau? Dir muss ich nicht sagen, dass uns jede noch so winzige Info weiterhelfen kann«, sagte Kilian und lächelte so angestrengt, dass ihm die Wangenmuskeln wehtaten.

In der nächsten halben Stunde beantwortete Goldmann jede Frage, die sie ihm stellten und gab trotzdem nicht mehr preis, als Kilian aufgrund seines Gesprächs mit Kata und den Abfragen im Polizeicomputer ohnehin wusste: Die einunddreißigjährige Literaturübersetzerin russischer Staatsangehörigkeit, die eine unbefristete Niederlassungserlaubnis in Deutschland hatte, war vor knapp drei Wochen verschwunden. Der untröstliche Verlobte beauftragte Goldmann mit der Suche und setzte eine hohe Belohnung für Informationen zum Aufenthaltsort der Frau aus.

»Doch sosehr wir uns bemühen, und ich bin sicher, dass auch Kata ihr Bestes gegeben hat – sie bleibt verschwunden«, sagte Goldmann mit Trauermiene. »Der arme Akula.«

»Warum hat der arme Akula denn keine Vermisstenanzeige gestellt?«, fragte Lisa Altmeier.

»Ach, wissen Sie: Das ist eine Mentalitätssache. Akula kommt aus einem Land, wo die Polizei oft korrupt und wenig hilfreich ist.«

»Er lebt jetzt aber schon seit zwanzig Jahren in Deutschland. In der Zeit sollte er doch eigentlich Vertrauen in die hiesige Polizei gefasst haben – als unschuldiger Bürger«, versetzte Kilians Kollegin.

»Tja, was soll ich sagen? Ich habe ihm dazu geraten, aber ich kann ihn nicht zwingen.« Goldmann breitete die Hände aus. Offenbar glaubte er, dass die Geste vertrauenerweckend wirken würde.

»Was hat Saschura Jelena Solowjowa in der Praxis von Dr. Apollinaria Müller gemacht?«, fragte Kilian. Er sah ein winziges Zucken in Goldmanns Augen, es war aber sofort wieder verschwunden, und das breite Lächeln kehrte auf das Gesicht des Geschäftsmannes zurück.

»Wer ist Apollinaria Müller? Der Name sagt mir nichts«, fragte er zurück.

»Verfolgen Sie nicht die Nachrichten?«, fragte Lisa Altmeier.

»Selten. Es sind ja meistens schlechte.«

»Auch in diesem Fall. Die Kölner Frauenärztin Apollinaria Müller ist vor vier Tagen bestialisch ermordet worden. Sie hatte sich auf die anatomische Rekonstruktion weiblicher Genitalien spezialisiert. War die vermisste Verlobte Opfer einer Genitalverstümmelung?«

Goldmann hatte während des ganzen Vortrags weiter gelächelt, was angesichts des Themas bizarr wirkte. Zu Kilians schlechtem Gewissen, seine Frau betrogen zu haben, gesellte sich das unerträgliche Gefühl, die erkrankte Kata in eine Falle geschickt zu haben. Natürlich hatte er es gut gemeint und gedacht, dass sie auf diesem Wege das Geld für die Therapie bekommen könnte. Er hatte gewusst, dass Goldmann ein windiges Arschloch war. Aber ein Frauenmörder? Ließ er Kata nach einer Frau suchen, die er selbst ermordet hatte? Kilian merkte, dass ihm übel wurde. Wie das Frühstück, das er hastig hinuntergeschlungen hatte, ihm hochzukommen drohte. Wenn dem so war, schwebte Kata in Lebensgefahr, sollte sie Goldmann trotz ihrer Beeinträchtigungen auf die Spur kommen. Doch halt! Konnte Goldmann von Katas Erkrankung wissen? Hätte er eine gesunde Kata, die als begnadete Ermittlerin galt, engagiert? Damit würde er sich selbst ein Bein stellen.

»Aber zum Verhältnis von Saschura Jelena Solowjowa zu Jegor Papow, dem Priester der russisch-orthodoxen Gemeinschaft, kannst du uns sicherlich etwas sagen, nicht wahr?«, fragte Kilian.

Wieder veränderte sich Goldmanns Gesichtsausdruck für einen Sekundenbruchteil. Aber dieses Mal war sich Kilian sicher: Er hatte unbändige Wut im Gesicht des Ex-Kollegen gesehen. Doch warum? Wieso hasste Goldmann den ermordeten Priester? Welches Motiv könnte er haben, ihn zu töten?

Kapitel 40

Alba konnte ihr Glück nicht fassen. Sie hatte mit einem ereignislosen Abend gerechnet und war nur auf die Einladung ihrer beiden Kommilitoninnen eingegangen, weil sie schon seit Tagen allein in der Wohnung hockte. Nach dem schrecklichen Überfall in der Buchhandlung hatte sie das Türschloss ihres Appartements ausgetauscht und sich für einen Selbstverteidigungskurs angemeldet. Den ersten Termin hatte sie allerdings gleich versäumt, weil sie sich nicht aufraffen konnte. Was aber verständlich war, wie sie fand. Denn das Erlebte war traumatisch. Ein weniger starker Charakter wäre angesichts der Konfrontation mit den Rockern zusammengebrochen. Aber nicht sie. Sie hatte schon so viel durchgemacht und letztlich gemeistert. Die furchtbare Angst, die sie empfunden hatte, gedachte Alba literarisch auszuschlachten. Denn nur wer sich seinen Dämonen stellte, konnte Großes schaffen. Und auf diesem Weg sah sie sich. Dass ihr an diesem Abend auch noch das Glück hold war, bestätigte ihre Überzeugung: Wem, wenn nicht dem Tüchtigen, gebührte das Glück? Während sie das dachte, schlich

Alba der dunklen Kommissarin hinterher, die sie unter den Tanzenden im *Club Bahnhof Ehrenfeld* entdeckt hatte. Dass sie das reale Vorbild ihrer fiktiven Antiheldin zufällig im Kölner Nachtleben traf, konnte nur ein Fingerzeig des Himmels sein. Alba war gespannt, was die durchgeknallte Alte ihr dieses Mal liefern würde. Dass etwas Verwertbares dabei sein würde, daran hegte sie keinen Zweifel, denn die Polizistin wirkte immer unberechenbarer in ihrem Verhalten. Doch erst geschah gar nichts. Die Frau verließ den Dancefloor, indem sie sich schlangengleich durch die Menschenmenge bewegte. Alba hatte Probleme, ihr zu folgen, weil sie wiederholt mit den Tanzenden zusammenstieß.

»Pass doch auf«, raunzte sie ein Typ mit Fünftagebart und ausladenden Bewegungen an. Als ob es ihre Schuld wäre, dass er wie eine indische Tempelhure tanzte. Kurz drohte sie die Kommissarin aus den Augen zu verlieren, doch dann sah sie ihren geraden Rücken, der die Umstehenden überragte, den Club verlassen. Alba beeilte sich, ihr zu folgen. Vor der Tür suchte sie hektisch die Umgebung ab. Konnte aber nirgendwo eine große schlanke Frau sehen, die vom Bahnhof Ehrenfeld wegging. Sie überlegte angestrengt, in welche Richtung die Polizistin wohl gegangen war. Richtung Innenstadt? Oder Richtung Neuehrenfeld? Unentschlossen machte sie ein paar Schritte nach links, als ein Scheppern sie herumfahren ließ. Ein Tablett mit Gläsern war im Biergarten zu Boden gegangen. Alle blickten auf die unglückliche Kellnerin, die in Bier badete. Nur eine einzige Gestalt lungerte unbeeindruckt in ihrem Sessel herum: die dunkle Kommissarin. Sie fixierte die Foodtrucks auf der anderen Straßenseite, die Alba von nächtlichen Fressattacken aus ihrem früheren Leben kannte. Doch heute ließ der verlockende Geruch nach Pommes, Zwiebeln und Gewürzen sie gleichgültig, denn sie hatte entdeckt, was die Kommissarin beschäftigte: Eine aufreizend gekleidete Rothaarige bekam die gewünschte Aufmerksamkeit. Oder mehr davon, als sie gewollt hatte. Doch wer sich so anzog, sollte sich nicht wundern, wenn irgendwelche Idioten das als Einladung interpretierten, fand Alba. Sie würde sich niemals so nuttig anziehen. Mittlerweile drohte die Situation zu eskalieren. Beide Typen hatten ihre Hände auf dem Körper und möglicherweise auch in den Körperöffnungen der Frau – und die Kommissarin schaute immer noch zu und tat nichts. Musste die blöde Bitch nicht von Dienstes wegen eingreifen? Und dann geschah plötzlich alles gleichzeitig.

Kapitel 41

»Bleiben Sie stehen!«, befahl Kata der Frau. Die Rothaarige drehte sich langsam um und suchte die Umgebung hinter Kata ab. Offenbar erwartete sie weitere Angreifer. Nachdem sie sich überzeugt hatte, dass Kata allein war, zuckte sie mit den Schultern und ging weiter. Kata fühlte Ärger in sich aufsteigen und setzte der Frau nach. Über die beiden Typen hinweg, die stöhnend auf dem Boden lagen. Die Rothaarige merkte, dass Kata ihr folgte und beschleunigte das Tempo. Sie war verdammt schnell, aber Kata war schneller. Was nicht nur an den Sneakers lag, die sie trug. Nach dreißig Metern hatte sie die Frau auf deren hohen Absätzen eingeholt. Sie packte sie am Arm und wich im gleichen Moment mit dem Oberkörper zurück, um dem erwarteten Ellbogenstoß zu entgehen. Krav Maga hatte längst Einzug in den deutschen Polizeialltag gehalten, und Kata war mit dem Selbstverteidigungssystem so weit vertraut, dass sie die Schläge ihrer Gegnerin antizipieren konnte. Um das Spiel abzukürzen, schmetterte sie ihre Linke in die Nieren der Frau, die zusammenzuckte und ohne einen Laut auf die Knie sank.

»Nachdem wir das geklärt haben, können wir zum Wesentlichen kommen. Nehmen Sie Ihre Perücke ab!«, forderte Kata die Frau auf. Obwohl sie starke Schmerzen haben musste, zeigte sich auf dem Gesicht der Knienden keine Regung. Sie starrte nur zu Kata hoch, musterte sie und schätzte ihre Chancen ab. Etwas, das Kata genauso gemacht hätte. Und offenbar kam sie zu einer realistischen Einsicht: Auch wenn die Frau Krav Maga auf einem hohen Level beherrschte, blieb sie eine Amateurin, und Kata war Profi.

Immer noch. Trotz allem. Die rot lackierten Finger der Frau griffen zu ihrem Kopf, lösten langsam die Perücke und dann die verbliebenen Nadeln, die ihr echtes Haar zusammenhielten. Wie ein Umhang fiel es auf ihre Schultern und umrahmte ein madonnenhaftes Gesicht. Kata konnte es kaum glauben, aber tatsächlich kniete die verschwundene Verlobte vor ihr. Sie war weder im Rhein ertrunken noch nach Russland zurückgekehrt, sondern in Köln geblieben, um Party zu machen. Im ersten Moment erschien Kata das Verhalten der Frau vollkommen abwegig, im nächsten Moment fiel ihr ein, dass sie das Gleiche tat. Auch sie hatte sich zu einem Feiermarathon entschlossen. Was immer die Motive der Russin für ihre Entscheidung waren – es musste sie nicht interessieren. Saschura war ihre Eintrittskarte in die Bostoner Klinik.

»Kommen Sie, Ihr Verlobter wird sich freuen, Sie nach so langer Zeit wiederzusehen«, sagte Kata und streckte der Frau die Hand entgegen, um ihr aufzuhelfen. Die Russin zögerte einen Moment und ließ sich dann von Kata hochziehen. Als sie vor ihr stand, registrierte Kata, dass sie fast gleich groß waren. Saschura war zwei, drei Zentimeter kleiner und gut fünf Kilo leichter, was an ihrer weniger stark ausgebildeten Muskulatur lag. Der Körper der Russin erinnerte Kata an eine Tänzerin. Sie hatte lange schlanke, aber flache Muskeln. Sollte sie es auf eine körperliche Konfrontation anlegen, würde Kata fraglos die Oberhand behalten. Aber scheinbar hatte sie etwas ganz anderes im Sinn, denn Saschura begann, sich auszuziehen. Der Minirock fiel zu Boden und umgab ihre Füße wie eine bunte Blüte. Die Unterhose, die unter dem Rock zum Vorschein kam, entlockte Kata ein Lachen. Sie hatte bei der Schönheit einen farbigen Stringtanga erwartet. Stattdessen trug die Russin einen hautfarbenen Schlüpfer, der ihren Körper formte. Üblicherweise diente solche Funktionswäsche dazu, ungewollte Speckpolster zu verstecken. Doch die Frau hatte keinerlei Fett an Bauch oder Hüfte. Trotzdem waren in die Hose Verstärkungen eingearbeitet, die ihren Unterleib zusammendrückten.

»Danke, aber danke nein«, sagte Kata, als sie sah, dass die Frau Anstalten machte, auch noch die Unterhose auszuziehen. In einem anderen Leben hätte Saschura sie tatsächlich gereizt, aber kein Fick der Welt war ihre geistige Gesundheit wert. Und da ihr das Leben gerade auf dem Silbertablett eine letzte Chance servierte, würde sie die Lieferung erst annehmen und dann abliefern. Ohne Umwege.

»Lassen Sie den Scheiß und kommen Sie«, herrschte Kata die halb nackte Russin an.

»Warten Sie einen Moment, es dauert nur ein paar Sekunden«, bettelte Saschura. »Sie werden Ihre Meinung ändern, wenn Sie das sehen. Glauben Sie mir.«

»Glauben Sie mir«, sagte Kata überdeutlich, »nichts auf der Welt wird mich abhalten, Sie auf dem schnellsten Weg zu Ihrem Verlobten zu bringen und die Belohnung zu kassieren.«

»Aber das wäre mein sicherer Tod«, begehrte die Frau auf, während sie ihre Unterhose herunterstreifte und Kata ihren Augen nicht traute.

Kapitel 42

Zwischen den Beinen der Frau baumelte ein kleiner, aber anatomisch perfekter Penis.

»Wow«, entfuhr es Kata. Nichts an der Frau wirkte männlich. Für Kata war sie der Inbegriff des Weiblichen. Und so hatte sie vermutlich auch der russische Verlobte gesehen.

»Akula bringt mich um, wenn Sie mich ausliefern«, sagte Saschura. »Sie müssen mich jetzt gehen lassen und ganz schnell vergessen, dass Sie mich gefunden haben.«

»Den Teufel muss ich«, antwortete Kata. Sie hatte Schwierigkeiten, in ihrem desolaten Gehirn die einzelnen Puzzleteile ordentlich zusammenzusetzen. Aber das musste sie auch nicht. Was immer zwischen den beiden gelaufen war – es war nicht ihr Problem.

»Sie verstehen das nicht. Akula hat mein kleines Geheimnis zu früh entdeckt. Wenn wir noch ein paar Wochen durchgehalten hätten, wäre alles gut geworden«, beteuerte die Russin.

»Was verstehen Sie unter *gut?*«, fragte Kata.

»Ich hätte mir mit seinem Geld ein schönes Leben gemacht«, fabulierte Saschura.

»Einfach so? Für das Vergnügen, in Ihre frisch operierte Vagina einzudringen, hätte er ein Vermögen springen lassen? Denn das haben Sie doch bei der Ärztin gewollt, eine geschlechtsangleichende Operation, nicht wahr?«

»Sie wissen von Apollinaria Müller?«, fragte die Russin überrascht.

»Ja, auch von ihrem Tod«, versetzte Kata.

»Was?« Saschura schien geschockt. »Was ist mit ihr passiert?«

»Sie ist bestialisch ermordet worden«, antwortete Kata »und bis eben habe ich gedacht, dass es mit den Eingriffen zusammenhängt, die sie in ihrer Praxis seit Jahren durchführt. Aber vielleicht ging es um eine ganz spezielle OP, die noch gar nicht stattgefunden hat.«

Konnte das sein? Dass Akula in kriminelle Machenschaften verstrickt war, hatte Kata bereits bei ihrem Treffen vermutet. Aber warum sollte er die Ärztin abschlachten lassen? Und wie war er überhaupt auf sie gestoßen? In dem Moment erinnerte sich Kata wieder an das Gefühl, das sie in letzter Zeit so oft gehabt, aber immer verdrängt hatte: dass sie verfolgt wurde. Doch sie hatte nie jemanden gesehen und letztlich vermutet, dass es ein weiteres Symptom ihrer Krankheit war. Was, wenn ihr tatsächlich die ganze Zeit jemand gefolgt war? Und sie auch jetzt beobachtet wurde? Möglichst unauffällig suchte Kata die Umgebung ab. Saschura war vom *Club Bahnhof Ehrenfeld* in Richtung des St. Franziskus Krankenhaus gelaufen. Rechts lag eine Sportanlage, von hohem Gestrüpp umgeben. Der ideale

Ort, um sich zu verstecken. Und tatsächlich bewegte sich eine Gestalt in der dunkelsten Ecke.

Kapitel 43

»Was schleichst du mir hinterher?«, herrschte Kata die Frau an, die sie an den Haaren aus dem Gebüsch zog. Sie hatte keine Ahnung, wie das Pummelchen hieß. Konnte sich aber bestens an ihr ewiges Gejammer erinnern. Die Heulsuse hatte Clarissas Leichnam gefunden und mit ihrem albernen Verhalten die Ermittlungen erschwert. Statt ihre Fragen zu beantworten, hatte sie wie ein Mondkalb Kilian angestarrt. Erst als die junge Frau schrie und sich vor Schmerzen wand, wurde Kata bewusst, wie stark sie deren Arm zusammenquetschte. Sie ließ abrupt los. Die Frau krümmte sich und rieb weinend ihren knallroten Oberarm. Ein paarmal setzte sie an zu sprechen. Aber erst beim dritten Versuch konnte Kata ihr Gestammel verstehen.

»Ich schreibe über Sie. Also, keine Biografie, aber, aber eine Hommage. Ich bewundere Sie.«

Die Lüge ging Alba leicht über die Lippen, verfehlte bei Kata aber die gewünschte Wirkung.

»Seit wann läufst du mir hinterher? Wenn du mich anlügst, wirst du es bereuen.«

Alba überlegte kurz und entschied sich dann, die Wahrheit zu sagen.

»Schon seit ein paar Wochen. Seitdem ich an dem neuen Krimi schreibe«, plapperte Alba drauflos.

»Halt die Klappe!«, herrschte Kata sie an.

Konnte das sein? Dass diese ungeschickte Amateurin ihr die ganze Zeit auf den Fersen gewesen war? Und sie außer einem unguten Gefühl nichts gemerkt hatte? Beginnend in ihrem Bauch, stieg eine heiße Welle in Kata auf. Wanderte über ihre Brust zu ihrem Kopf, der sich rötlich färbte. Kata empfand ein Gefühl, das sie nie gekannt hatte: Scham. Scham darüber, was aus ihr geworden war. Eine Parodie ihrer selbst, eine Frau, die orientierungslos durch die Nacht taumelte. Nur ganz langsam entstand ein weiteres Gefühl: Erleichterung. Denn von der albernen Person ging definitiv keine Gefahr aus. Egal, wohin sie ihr gefolgt war. Und was sie gesehen hatte – sie würde es nur für ihren idiotischen Krimi nutzen.

»Verpiss dich! Wenn ich dich noch einmal sehe, mache ich dich fertig«, drohte sie der jungen Frau und wandte sich ab. Die Russin lag noch immer zusammengekrümmt auf dem Boden. Um sicherzustellen, dass sie sich nicht zwischenzeitlich wieder davonmachte, hatte Kata ihr eine gezielte Dreierkombination in die Nieren gerammt. Jetzt beugte sie sich zu ihr hinunter und half ihr auf die Füße.

»Kommen Sie. Wir nehmen ein Taxi zu Ihrem Verlobten«, sagte sie.

Langsam kam die Frau wieder auf die Beine. Obwohl sie starke Schmerzen haben musste, zog sie sich erst ihren Rock und dann die Schuhe wieder an. Kurz fuhr sie sich mit den Händen über das Gesicht und wandte sich dann zu Kata.

»Ihnen geht es ums Geld, richtig?«, fragte sie.

»Natürlich«, antwortete Kata, »worum sonst?«

»Von wie viel Geld sprechen wir? Was hat man Ihnen versprochen?«, insistierte Saschura.

»Was soll das? Wir verlieren nur wertvolle Zeit.«

»Akula ist ein übler Krimineller. Das ist dreckiges Geld«, sagte Saschura.

Kata lachte auf.

»Eben haben Sie noch davon gesprochen, dass Sie sich mit dem Geld Ihres Verlobten ein schönes Leben machen wollten. Für mich soll es aber zu dreckig sein? Hören Sie mit dem Quatsch auf, sonst schlage ich noch einmal zu.«

Während sie sprach, merkte Kata, dass sie immer wütender wurde. Dass ihre destruktiven Gefühle mittlerweile so stark waren, ängstigte sie selbst. Entsprach es doch genau dem, was die Dresdener Ärztin beschrieben hatte. Vermutlich stand ein Kontrollverlust kurz bevor. Sie stöhnte auf. Und realisierte, dass Saschura sie mitleidig ansah.

»Hören Sie, Akula hat für den Fall, dass er schnell das Land verlassen muss, überall in seinen Geschäften Notgroschen deponiert. Die können wir holen«, lockte die Russin.

»Warum haben Sie das Geld dann nicht längst geholt?«, fragte Kata. Sie merkte, dass sie die losen Enden des Falles nicht verknüpfen konnte. Dass es sie heillos überforderte.

»Ich wollte erst einmal ein bisschen Zeit verstreichen

lassen. Bis die Wachsamkeit nachlässt. Und außerdem wäre es unfair, wenn ich allein gegangen wäre«, sagte Saschura.

»Warum? Gibt es noch einen weiteren Verlobten?«

»Nein, aber einen Kindheitsfreund, dem ich etwas schulde«, erwiderte Saschura.

Sie wirkte einen Moment weniger selbstsicher als zuvor. Sogar nackt war die intersexuelle Person von einer Aura umgeben gewesen, die selbst Katas Schläge nicht hatten durchbrechen können. Sie ist ..., Kata überlegte, was es war, das Saschura so ungewöhnlich machte. Es war nicht ihre Zweigeschlechtigkeit, sondern eher das Entrückte, das Engelhafte an ihr. In dem Moment, als das Wort durch Katas zerfressenes Gehirn glitt, war ihr plötzlich klar, wen die Schönheit meinte.

»Sprechen Sie etwa von dem Popen?«, fragte Kata.

Saschura blieb stehen und starrte Kata aus großen türkisfarbenen Augen an. Zum ersten Mal sah sie echte Überraschung und noch etwas anderes auf dem Gesicht der Frau.

»Kennen Sie Jegor?«, fragte sie vorsichtig.

»Natürlich«, versetzte Kata.

»Ich kann ihn anrufen. Er wird Ihnen bestätigen, dass Akula ein gefährlicher Krimineller ist.«

»Ich glaube kaum, dass Sie ihn erreichen werden«, entgegnete Kata.

»Warum? Wo ist er?«, fragte Saschura.

»Auf dem Seziertisch der Gerichtsmedizin.«

Kapitel 44

Kilian saß am Schreibtisch und starrte zum Fenster hinaus. Er sah, wie die Sonne über der Kölner Skyline aufging. Wie aus den Grautönen der Nacht die Farben des Tages wurden. Doch in ihm blieb alles dunkel. Er hatte Biggi die Wahrheit gesagt. Sie ihr sagen müssen. Denn die Diskussionen in seinem Kopf wollten nicht enden. Machten ihn depressiv und arbeitsunfähig. Auch Walter Milde, der Psychologe im Präsidium, den er ins Vertrauen zog, hatte ihm zu dem Schritt geraten: Er solle um Vergebung bitten. Das Singuläre seines Fehltritts und die Liebe zu seiner Familie betonen. Das tat er. Seine Frau war ruhig geblieben. Auf seine wortreichen Erklärungen antwortete sie mit Schweigen. Nur in ihrem Gesicht zeichneten sich ihre Gefühle ab: Kilian sah Ekel und Überdruss. Wortlos reichte Biggi ihm die Tasche, die für längere Einsätze immer fertig gepackt bereitstand, und zeigte auf die Ausgangstür.

»Du gehst jetzt besser.«

Kilian war wie versteinert. Wohin sollte er? Würde er wiederkommen dürfen? Die Kinder sehen? Die Kinder! Er merkte, wie ihm Tränen in die Augen traten. Mit der sperrigen Tasche in der Hand betrat er das Zimmer seiner schlafenden Tochter. Er beugte sich über ihr Bett und sog ihren Geruch ein. Von den Gerüchen seiner Kinder war ihr Geruch ihm immer der liebste gewesen. Er erinnerte ihn an die Sommerwiese, auf der sie gezeugt worden war. Seine Erstgeborene. Sein Wunder. Der Beginn eines neuen Lebens – für sie und für ihn. Sollte dieses Leben jetzt schon vorbei sein? Weges eines Toilettenficks? Innerhalb von wenigen Wochen war alles, was ihn ausgemacht hatte, auseinandergefallen. Er hatte das Gefühl, sich Stück für Stück aufzulösen. Wusste nicht mehr, wer er war.

»Kilian.« Er spürte etwas Feuchtes auf seiner Wange und sah auf.

Vor ihm stand Lisa Altmeier. Die Hände auf seinen Schreibtisch gestützt. Ihr genervtes Gesicht befand sich nur wenige Zentimeter von seinem entfernt. Offenbar war etwas von ihrer Spucke auf seiner Wange gelandet, als sie ihn anblaffte. Er hatte sie nicht kommen gehört.

»Der Vater von Elena Walijewa ist Metzger«, sagte sie.

»Was?«, fragte Kilian. Er hatte keine Ahnung, wovon sie sprach.

»Das Spätaussiedlermädchen. Der Fenstersturz. Ihr Vater ist Metzger.« Lisa Altmeier sprach langsam und überdeutlich, als ob sie es mit einem Idioten zu tun hätte. Und sie hatte ja recht. Er war ein Idiot, denn er verstand immer noch nicht, was sie ihm sagen wollte.

»Was, wenn die Verbindung zwischen den beiden Morden das Mädchen ist? Keine dubiose Verlobte, die verschwunden ist und die deine Kata vergeblich sucht.«

Das »deine« spuckte sie aus wie ein Insekt, das ihr versehentlich in den Mund gelangt war.

»Du meinst …« Kilian brauchte unendlich lange, um seine Gedanken nach der schlaflosen Nacht zu ordnen. »… dass sie Patientin bei Apollinaria Müller war?«, fragte er.

»Wie viele russischstämmige Frauen in Köln. Die Ärztin war Halbrussin. Beherrschte die Sprache und ihr Handwerk – zu dem Abtreibungen gehörten.«

Kilian griff in seine Schublade, wühlte herum und zog dann die Akte heraus, die sie eigentlich schon geschlossen hatten. Er überflog den Krankenbericht.

»Da steht nichts von einem Abbruch«, murmelte er vor sich hin.

»Weil niemand danach gesucht hat«, entgegnete seine Kollegin.

Kilian nickte langsam. Der behandelnde Arzt hatte nur von den Abschürfungen an den Handgelenken gesprochen, aber keine Spuren sexueller Gewalt erwähnt. Und sie hatten nicht insistiert. Sich nach dem Backgroundcheck der Familie und des Umfelds der offiziellen Version angeschlossen, die *Unfall* lautete. Denn von der Familie, das hatten sie selbst erlebt, ging für das Mädchen keine Gefahr aus. Nicht für sie. Aber für die Abtreibungsärztin? Und für den Mann, der sie missbraucht hatte? Geistliche, die sich an Minderjährigen vergingen. Es war so klischeehaft und im Bistum Köln ein solches Massenphänomen, dass sie auch in der Richtung hätten ermitteln müssen. Noch ein unverzeihlicher Fehler, den er begangen hatte.

»Wir müssen den behandelnden Arzt sprechen«, sagte er mit Bestimmtheit.

»Habe ich schon gemacht. Ihr Blut wurde nicht auf Schwangerschaftshormone untersucht. Und nach einer Ausschabung hat er auch nicht geschaut. Es gab keine Missbrauchsspuren.«

»Was nichts heißen muss«, sagte Kilian.

»Was nichts heißen muss«, echote Lisa Altmeier. »Womöglich stand sie unter dem Einfluss des Priesters. Wir haben selbst gesehen, welchen Hokuspokus er in der Wohnung aufgeführt hat.«

Und wie ergeben die ganze Familie ihm gegenüber gewesen war. Kilian konnte sich lebhaft vorstellen, wie der bullige Familienvater auf die Nachricht vom Missbrauch und der daraus resultierenden Schwangerschaft reagiert hatte. Wie er selbst reagiert hätte, wenn seiner Tochter so etwas angetan würde.

»Ob Elena versucht hat, sich umzubringen?«, fragte Kilian seine Kollegin.

»Oder der Priester hat versucht, die Zeugin aus dem Weg zu räumen. Dafür sprechen die Abwehrspuren.«

»Wir müssen mit dem Mädchen reden. Was machen wir, wenn sie wieder mauert?«

»Beim ersten Mal haben wir in die völlig falsche Richtung gefragt. Und wenn sie weiter schweigt, habe ich ein Ass im Ärmel«, sagte Lisa Altmeier.

»Wovon sprichst du?«, fragte Kilian.

»Davon«, antwortete seine Kollegin und breitete die Bilder der beiden Tatorte vor ihm aus. Der zerfetzte Unterleib der Ärztin. Die aus Blut geformten kyrillischen Wörter, die, wie sie mittlerweile wussten, von Schuld und Sünde, von ewiger Verdammnis und Gottes Rache sprachen. Dazu die abgetrennten Geschlechtsteile des Priesters: Ein kleiner verschrumpelter Penis, der an den Ringelschwanz eines Ferkels erinnerte. Und zwei blutige Säckchen, gleich daneben. Angerichtet wie eine Vorspeisenplatte. Kilian fühlte ein schmerzhaftes Ziehen im Unterleib. Als ob eine unsichtbare Hand nach seinen Hoden greifen und sie unbarmherzig zusammenquetschen würde.

»Ich komme sofort zurück«, sagte er und rannte zur Toilette.

Kapitel 45

Katas geschädigtes Hirn arbeitete auf Hochtouren. Was Saschura versprach, war deutlich mehr als die mit Goldmann vereinbarten vierzigtausend Euro. Auch würde sie das Geld sofort in Empfang nehmen und zum Flughafen fahren können. Kata brauchte lediglich ihre Reisetasche, die sie schon vor Tagen gepackt hatte. Kein Übergabetermin, keine Verzögerung. Aber Kata würde ihren Auftraggeber verraten. Und sich Männer zu Feinden machen, für die ein Menschenleben keinerlei Bedeutung hatte. Doch auch das sprach für Saschuras Plan. Skrupellosen Mördern würde Kata nicht in die Hände spielen. Niemals. Der Priester hatte sich das Grab, in dem er bald liegen würde, selbst geschaufelt. Aber nicht die Ärztin. Sie war unschuldig. Nach allem, was Kata wusste, ein guter Mensch. Dass sie der Rachsucht des russischen Verlobten zum Opfer gefallen war, erschien Kata plausibel: Dass Akula mit einem Doppelmord auf die Posse reagiert hatte, die Saschura und der Priester für ihn aufgeführt hatten. Sie hatten ihn monatelang an der Nase herumgeführt. Ihm eine jungfräuliche Verlobte versprochen, die in

Wahrheit eine lebensfreudige Intersexuelle war. Saschura hatte ihr von dem Moment der Entdeckung berichtet.

»Wir waren essen. Im *Le Moissonnier*, ich musste zur Toilette. Wir hatten schon einiges getrunken. Kaum hatte ich mich hingehockt, flog die Toilettentür wieder auf. Ich hatte sie wohl nicht richtig abgeschlossen. Akula war mir gefolgt und sah in dem Moment alles, was ich zwischen den Beinen habe. Er schrie wie ein Verrückter und fing an, mich zu würgen.«

Ihren Krav-Maga-Fähigkeiten verdankte Saschura, dass sie lebendig aus dem Restaurant herauskam. Und dann begann das zweite Possenstück, bei dem Kata unwissend eine bedeutende Rolle gespielt hatte. Sie ermittelte mit aller Kraft. Als ob es um ihr Leben ginge. Und genau so war es ja auch. Hatte sie die Mörder zur Praxis geführt? Wenn ihr das durchgeknallte Pummelchen nicht aufgefallen war, dann waren ihr womöglich auch die Handlanger des Russen entgangen. Kata konnte den Gedanken, die Männer zur Ärztin geführt zu haben, nicht ertragen. Ich muss ihn vertagen, sagte sie sich. Ich werde darüber nachdenken, wenn ich dazu wieder in der Lage bin. Und die Täter zur Rechenschaft ziehen.

Aber stimmte die Story, die Saschura ihr auftischte? Kata fiel es unendlich schwer, zu denken und Schlüsse aus den vorhandenen Informationen zu ziehen. Dass der Priester Saschura verfallen war und für sie alles riskiert hätte – daran zweifelte Kata nicht. Sterbend hatte der Mann sie aufgefordert, seinen Engel zu beschützen. Aber wieso glaubten die beiden, den reichen Russen abzocken und lebendig davonkommen zu können?

»Wir haben mit seinen Ängsten gespielt«, hatte Saschura erklärt, als ob das selbstverständlich wäre.

»Akula wollte unbedingt Kinder. Söhne. Seine Frau hatte aber mehrere Fehlgeburten und ist letztlich an Unterleibskrebs gestorben. Das haben wir ausgenutzt.«

»Schöner Wesenszug«, hatte Kata entgegnet.

Langsam begann sie, den ganzen Umfang des Kasperletheaters zu begreifen. Saschura war das Mastermind hinter dem Plan, der sich eines Phänomens bediente, das Kata selbst erlebt hatte. Der Priester war ein Geistgänger gewesen, wie Waltraud von Lubitsch ihn genannt hatte. Wenn ihn starke Gefühle übermannten, bewegten sich Gegenstände. Was Kata bemerkenswert bis amüsant fand, musste den abergläubischen Akula in einen Zustand permanenter Verunsicherung versetzt haben. Sodass er auf Einflüsterungen wie ein kleines Kind reagierte.

»Wir waren auf alles vorbereitet. Wenn er auf vorehelichen Sex oder auf einem Ehevertrag bestanden hätte, wäre ihm die Jungfrau Maria erschienen. Das hatten wir in einer Wohnung gerade geprobt, als uns ein Mädchen dazwischenkam«, sagte Saschura und wirkte nachdenklich. Kata blickte sie zweifelnd an. Der Priester hatte noch etwas über sie gesagt. Nicht nur, dass sie ein Engel sei und Kata sie beschützen solle. Sie holte ihr iPhone heraus und checkte die Notizen, die sie sich von allen Ermittlungen machte.

Da stand: Saschura ist eine Mörderin. Die letzten Worte des sterbenden Priesters.

Kapitel 46

»Aber ich sage die Wahrheit.« Elena Walijewa weinte mittlerweile.

Kilian fühlte sich noch schrecklicher. Nach der vergangenen Nacht hatte er nicht gedacht, dass das möglich sei. Aber dass sie mit Druck und Drohungen versuchten, einer Fünfzehnjährigen Informationen zu entlocken, war der absolute Tiefpunkt seiner Polizeiarbeit. Doch die Zeit drängte. Es gab schon zwei Morde. Und einen psychopathischen Killer, in dessen kranker Vorstellungswelt womöglich weitere Schuldige existierten. Elena hatte zugegeben, dass der Priester bei ihrem Sturz in der Wohnung gewesen war. Sie waren auf der richtigen Fährte. Einen Missbrauch durch den Geistlichen bestritt das Mädchen allerdings. Auch dass er sie gestoßen hätte. Vielmehr habe der Geistliche versucht, sie festzuhalten. Die ganze Geschichte klang völlig verrückt.

»Du sagst also, dass du früher aus der Schule zurückgekommen bist, weil du dich nicht gut fühltest«, fragte Lisa Altmeier erneut.

»Ja«, schniefte das Mädchen.

»Und als du die Wohnung betreten hast, war der Priester zugegen?«

Das Mädchen nickte.

»Woher hatte er den Schlüssel? Oder hat deine Mutter ihn reingelassen, bevor sie gegangen ist?«, fragte seine Kollegin weiter.

»Nein, den Schlüssel hatte er noch. Er war ja früher oft bei uns. Er hat sich um Babuschka gekümmert, bevor sie starb«, erklärte Elena.

»Babuschka?«

»Meine Omi. Sie ist Anfang des Jahres gestorben.«

»Und was ist dann passiert, als du die Wohnung betreten hast?«, bohrte Kilian nach.

»Es war so schrecklich. Ich kann mich nicht an alles erinnern. Überall waren grelle Lichtblitze. Und donnernde Geräusche.«

Elena umklammerte mit ihren Armen den eigenen Oberkörper. Offenbar fror sie trotz der sommerlichen Temperaturen.

»Vater Papow hat gar nichts gemacht. Er stand nur mitten im Raum. Hat die Arme hochgerissen und ›Nein‹ geschrien. Und dann war es da.«

»Was war da?«, fragten Kilian und seine Kollegin gleichzeitig.

»Erst dachte ich, dass es eine Erscheinung sein müsse. Etwas Himmlisches. Denn überall war dieses weiße Licht. Und die Musik. Aber dann habe ich gesehen, dass es nackt war. Ganz nackt und ...«

Elena stockte und konnte nicht mehr weitersprechen.

Kilian beugte sich vor und tätschelte den Arm des Mädchens, das ihn an seine Tochter denken ließ.

»Du machst das ganz großartig. Wirklich. Du bist uns eine große Hilfe«, sagte er.

»Der Anblick war so furchtbar. Obenrum war diese Erscheinung eine Frau. Also, mit, Sie wissen schon. Aber unten. Ich bin so erschrocken. Und auf den Balkon gelaufen. Denn die Gestalt stand ja vor der Wohnungstür«, schluchzte das Mädchen.

Sie habe versucht, auf den Nachbarbalkon zu klettern.

Etwas, was die Jugendlichen in Chorweiler häufig machten, um der Tristesse ihrer Siedlung zu entkommen und zu zeigen, wie mutig sie sind. Doch in ihrer Panik scheiterte Elena. Drohte zu stürzen. Und auch der Priester, der ihr auf den Balkon gefolgt war, bekam nur noch ihr Handgelenk zu fassen. Das er verzweifelt umklammerte, während es ihm aus den feuchten Händen glitt.

Kapitel 47

Das Taxi entließ Kata und Saschura einige Hundert Meter von Katas Wohnung entfernt. Während der Fahrt hatte Kata wiederholt in den Rückspiegel geschaut.

»Rechnen Sie mit Verfolgern?«, fragte der Taxifahrer lachend.

Kata ignorierte ihn, was offenbar ein Fehler war. Denn dadurch kam der Mann erst in Fahrt.

»Klar, bei zwei so heißen Bräuten. Da nimmt man gerne Witterung auf.«

Als immer noch keine Reaktion erfolgte, schnüffelte er in Richtung seiner weiblichen Fahrgäste. Die Nase näherte sich Kata. Sie sah Dutzende schwarze Mitesser auf der fettig glänzenden Haut und verlor die Beherrschung.

»Gucken Sie verdammt noch mal auf die Straße, Sie Idiot!«, herrschte sie den Taxifahrer an.

»Sie blöde Kuh. So attraktiv sind Sie nicht, dass Sie sich alles rausnehmen können.«

»Du dämlicher kleiner Wicht. Halt endlich die Klappe!«

Kata holte in der engen Fahrgastzelle aus, um dem Typen eine zu scheuern.

»Keine gute Idee«, sagte Saschura und legte Kata ihre manikürte Hand auf den Arm.

»Der Typ sitzt am Steuer.«

Eine abrupte Bremsung beendete die Diskussion.

»Steigen Sie aus!«, schrie der Mann. »Machen Sie, dass Sie hier rauskommen.«

Der Fahrer hatte einen knallroten Kopf bekommen und fingerte im Handschuhfach herum. Offenbar auf der Suche nach etwas, das er als Waffe nutzen konnte.

»Kommen Sie«, sagte Saschura und zog die widerspenstige Kata mit sich.

Aufgewühlt durch die Auseinandersetzung, vergaß Kata auf den letzten Metern zu ihrer Wohnung sämtliche Vorsätze, die sie noch vor wenigen Minuten gefasst hatte: ruhig und umsichtig bleiben, nach Verfolgern Ausschau halten. Und so übersah sie Lukas Goldmann, der in einem schwarzen BMW X2 auf der gegenüberliegenden Straßenseite von Katas Hauseingang saß und wartete.

Kapitel 48

»Die Fahndung nach Dimitri Walijew, Elenas Vater, ist raus«, berichtete Lisa Altmeier im eilends einberufenen Meeting.

Derisoire war auf einer Veranstaltung des Innenministeriums in Düsseldorf und noch nicht zurück in Köln, deshalb hatte Rolf Weber als sein Stellvertreter die Leitung der Besprechung übernommen.

»Fassen wir noch einmal zusammen, was wir haben«, forderte er die Anwesenden auf.

»Wir wissen, dass Jegor Papow, der ermordete Geistliche, zum Zeitpunkt des Fenstersturzes von Elena Walijewa in der Wohnung war. Er hat da, zusammen mit einer anderen Person, deren Identität wir noch nicht geklärt haben, offenbar eine Art Inszenierung geprobt«, führte Lisa Altmeier weiter aus.

»Aber nach Aussagen des Mädchens hat es keinen Missbrauch gegeben. Und der Priester hat sogar versucht, ihren Sturz zu verhindern«, ergänzte Kilian.

»Warten wir hier erst einmal die endgültigen Ermittlungen ab. Das Mädchen hat auch beim ersten Verhör gelogen. Und selbst wenn – womöglich hat der Vater eine andere Sicht auf die Dinge«, bügelte Rolf Weber Kilian ab.

»Wenn jemand in meine Wohnung eindringen und so etwas abziehen würde, wäre ich auch *pissed*«, bekräftigte Lisa Gerhardt.

»Aber du würdest nicht gleich zum Fleischermesser greifen, oder?«, entgegnete Kilian.

»Lasst das bitte.« Weber gefiel sich sichtlich in seiner neuen Rolle als Mediator.

»Der entscheidende Punkt kommt von der Spurensicherung. Endlich haben wir aus den fast siebzig DNA-Spuren mehrere männliche isoliert. Und ...«, hier machte Weber eine seiner berüchtigten Kunstpausen, »... eine davon konnte Dimitri Walijew zugeordnet werden.«

»Weshalb hatten wir ihn im System?«

»Unfall mit Fahrerflucht. Vor drei Jahren wurde eine Blutprobe genommen«, sagte Weber mit einem Blick in die geöffnete Akte auf seinem Laptop.

»Nichts großes, aber viele kleinere Delikte. Ein Gewohnheitskrimineller, dem wohl die Sicherung durchgebrannt ist.«

»Aber seine DNA haben wir nur in der Praxis der Ärztin gefunden. Nicht in der Wohnung des Priesters«, insistierte Kilian, der das Verhalten seiner Kollegen aktionistisch fand. Offenbar war der Wunsch voranzukommen übermächtig. Und Dimitri Walijew der perfekte Schuldige. Doch wenn seine Tochter von Apollinaria Müller nicht behandelt worden war, was das Mädchen energisch beteuerte, fehlte ihm ein erkennbares Motiv für den Mord. Dennoch war er in den Fall verstrickt – als Patient hatte Dimitri Walijew die gynäkologische Praxis sicherlich nicht aufgesucht.

Kapitel 49

»Bitte fahren Sie dem Taxi hinterher. Aber vorsichtig. Ganz vorsichtig, am besten machen Sie die Scheinwerfer aus«, sagte Alba zu der Fahrerin.

Die Frau hatte in alle Himmelsrichtungen abstehende silbergraue Locken, die Alba an ein Gefieder erinnerten, und eine sonnengegerbte faltige Haut, die sie vermutlich älter aussehen ließ, als sie tatsächlich war.

»Wollen Sie mich verarschen?«, fragte sie.

»Nein, nein«, stotterte Alba. »Bitte fahren Sie unauffällig dem anderen Taxi hinterher. Hier, reicht das fürs Erste?«

Alba überreichte der Taxifahrerin einen Fünfzigeuroschein, der sofort in der Jackentasche der Frau verschwand.

»Diese albernen Verfolgungsnummern. Was versprechen Sie sich davon?«

Statt sich in Bewegung zu setzen, motzte die Alte weiter. Und Alba hatte Sorge, dass die Kommissarin zusammen mit der jetzt blonden Frau in der Nacht verschwinden würde.

»Bitte, bitte, es geht um eine ganz wichtige Recherche. Fahren Sie doch endlich los!«, bettelte sie.

»Von mir aus. Aber Eile mit Weile. Ich werde mich an die Straßenverkehrsordnung halten. Wegen Ihrer Spielchen riskiere ich nicht meinen Führerschein.«

»Das verstehe ich natürlich«, versuchte Alba, die Taxifahrerin zu beruhigen. Warum nur war sie ausgerechnet in diesen Wagen eingestiegen? Sie hatte gedacht, dass sie bei einer Frau besser aufgehoben sei. Dass sie mit Komplizenschaft rechnen konnte. Doch das war offensichtlich eine Fehleinschätzung gewesen, denn die Taxifahrerin hatte den Sichtkontakt zu dem anderen Fahrzeug bereits verloren.

»Wo sind die hin?«, schrie Alba auf.

»Halten Sie einmal die Klappe. Ja? Nur für einen Moment«, giftete die Frau sie an.

»Vorsicht ist die Mutter der Porzellankiste. Sie haben selbst gesagt, dass ich Abstand halten soll. Und genau das tue ich.«

»Aber wir haben sie verloren«, heulte Alba auf.

»Nein, haben wir nicht. Sehen Sie da vorne?«, fragte die Taxifahrerin.

Alba sah, wie die Kommissarin und ihre Begleiterin aus dem Taxi stiegen und schnell weitergingen. Dreihundertfünfzig Meter, dreihundert Meter, die Alte fuhr ganz langsam und hatte mittlerweile tatsächlich die Scheinwerfer gedimmt. Dann erreichten die beiden Frauen ihr Ziel. Die Kommissarin schloss eine Haustür auf und zog die zögernde Blondine in den Eingangsflur. Sollte es das gewesen sein? Wollte die durchgeknallte Polizistin die Schönheit abschleppen? Erst hatte es nach einer handfesten Auseinandersetzung und weiteren Stoff für ihren Krimi ausgesehen. Und jetzt das? Ein Schäferstündchen hinter verschlossenen Türen?

»Was für ein verdammter Scheiß.«

»Was wollen wir jetzt machen? Wollen Sie auch aussteigen?«, fragte die Taxifahrerin, die sie augenscheinlich loswerden wollte.

»Können wir vielleicht noch einen Augenblick warten?«, bat Alba.

Die Alte checkte das Taxameter und kam bei fünfzehn Euro zwanzig offenbar zu dem Schluss, dass ihr Fahrgast noch etwas guthatte. Die Minuten verstrichen unendlich langsam, der Fahrpreisanzeiger hingegen galoppierte, und just in dem Moment, als die Geduld der Taxifahrerin erschöpft schien, verließen die beiden Frauen wieder das Haus. Ein neues Taxi kam angefahren. Die Kommissarin und ihre Begleiterin stiegen ein, und der Mercedes fuhr los. Einen Augenblick blieb die nächtliche Straße dunkel und still, dann sprangen die Lichter eines parkenden Wagens an, und der Fahrer folgte vorsichtig dem Taxi. Alba war offenbar nicht die Einzige, die Interesse an den beiden Frauen hatte. Die Beobachtung verunsicherte sie. Für einen Moment war Alba versucht, die Verfolgung abzubrechen und nach Hause zu gehen. Aber nur für einen Moment. Wer weiß, was sich ihr noch bieten würde? Sie hatte endlich die bekloppte Kommissarin entdeckt. Und sie hatte ihr bereits unendlich viel Material für den neuen Krimi geliefert. Alba rieb sich die schweißnassen Hände. Der Geldschein, den sie aus ihrer goldenen Abendtasche zog, wurde schon durch die kurze Berührung mit ihrer Hand feucht.

»Hier sind noch einmal fünfzig Euro. Sie schaffen es sicher, den beiden unauffällig zu folgen«, schmeichelte Alba der grauhaarigen Frau.

Kapitel 50

»Und jetzt? Was machen wir jetzt?«, fragte Kata.

Saschura hatte den Fahrer zum Gewerbegebiet in Köln-Pesch dirigiert. Erst als der Mann davongefahren war, ging die Russin in eine kleine Stichstraße, die sich zwischen den klobigen Bauten auftat. Zäune, Gitter, Schilder – alles in dem Gewerbepark war hässlich und uniform. Das galt auch für den Gebäudeeingang, vor dem ein großer, weitgehend verwaister Parkplatz lag. Die massive Stahltür war durch ein modernes Codeschloss gesichert. Kata blickte sich suchend um, konnte aber keine Schwachstellen an dem Lagerhaus ausmachen. Hier würden sie nicht so einfach rein- und mit dem Geld wieder rausmarschieren, wie Saschura versprochen hatte. Kata fühlte, wie Wut in ihr aufstieg.

»Ich hätte dich gleich zu deinem Verlobten bringen sollen.«

Das Siezen hatte Kata längst aufgegeben. Saschura lachte statt einer Antwort und beugte sich zum Codeschloss.

»Die innig geliebte, leider viel zu früh verstorbene

Galina Bogdanowa ist am 23. Juli 1985 geboren«, sagte sie, während sie die entsprechenden Zahlen eingab.

Ein dezentes Summen ertönte, und die massive Stahltür sprang auf.

»Das nenne ich fahrlässig«, sagte Kata.

»Ich würde es als abergläubisch bezeichnen«, korrigierte Saschura.

»Jegor hat Akula immer wieder eingetrichtert, wie wichtig es ist, das Andenken der Verstorbenen zu ehren.«

Saschura amüsierte das Spielchen, das sie zusammen mit dem Priester getrieben hatte, anscheinend noch immer. Nach zwei brutalen Morden eine seltsame Einstellung, wie Kata fand.

Sie gingen durch die dunkle Lagerhalle. Ein modriger Geruch hing in der Luft. Es roch nach Staub, Feuchtigkeit und Verwesung. Im Schein der Handytaschenlampe konnte Kata nur Konturen erkennen und setzte ihre Schritte mit Bedacht. Doch die großen Deckenfluter anzumachen, wäre ein unnötiges Risiko gewesen. Kata und Saschura bahnten sich ihren Weg durch Gänge, die links und rechts von Metallregalen gesäumt wurden. In ihnen standen verstaubte Pappkartons und notdürftig mit Leinen verhüllte Gegenstände. Kata hatte das Gefühl, dass sich der dunkle Raum durch ihren Besuch veränderte. Papier raschelte, Holz knarrte, und Glas klirrte auf Metall. Zwischen zwei Holzkisten sah Kata einen sich windenden Leib auf dem Boden. Sie sprang zur Seite. Im ersten Moment dachte sie, dass ihr krankes Hirn ihr einen Streich gespielt hätte: Aber über den Boden kroch tatsächlich eine Schlange.

»Pass auf, wo du hintrittst«, rief Saschura überflüssigerweise.

»Was ist das hier? Eine Zoohandlung?«, fragte Kata.

»Akula lagert hier eigentlich Antiquitäten, die als Tarnung für seine Im- und Exportfirma dienen«, erklärte Saschura.

»Und wo kommt die verdammte Schlange her?«

»Keine Ahnung. Aber die ist sicher nicht giftig.«

Kata ging weiter. Vorbei an Käfigen, die eben noch unbelebt schienen. Jetzt liefen graue, dickbäuchige Nager wild durcheinander. Ratten? Dafür waren die Schwänze zu buschig und die Ohren zu groß.

»Chinchillas«, sagte Saschura, die offenbar ihre Gedanken erraten hatte.

Sie gingen weiter und kamen an mannshohen hölzernen Statuen vorbei. Aufgerissene Augen starrten Kata an. Eine Zunge zischelte zwischen spitzen Zähnen, und ein Arm zuckte im flackernden Schein der Handytaschenlampe. Kata wollte weg von dem Ort, der in ihrem malträtierten Hirn Horrorfilme entstehen ließ.

»Lass uns voranmachen«, herrschte sie die vorausgehende Saschura an.

»Wir sind schon da«, antwortete die Russin und öffnete die Tür zu einem Büro.

Ein wuchtiger hölzerner Schreibtisch dominierte den Raum. Er war mit Papieren übersät, und dahinter stand der gesuchte Tresor: Er war im Boden verankert, und Kata schätzte sein Gewicht auf rund tausend Kilo. Sicherheitsstufe vier oder fünf, soweit sie das auf Distanz beurteilen konnte. Wenn Saschura sich nicht plötzlich als Safeknackerin entpuppte, war der nächtliche Ausflug pure Zeitverschwendung. Wütend trat Kata gegen das Stahlmonster.

»Hey, beruhige dich. Ich habe doch gesagt, dass das ein Spaziergang wird«, sagte Saschura und beugte sich zu dem Tresor.

»Am fünften Tag des Wonnemonats Mai im Jahr 2005 haben sich der gute Akula und seine über alles geliebte Galina verlobt. Und schon wenig später, am glücksbringenden 7. Juli geheiratet.«

Während Saschura mit ruhiger, sanfter Stimme im Stil einer Märchenerzählerin sprach, hatte im Hintergrund ein vielstimmiges Quietschen und Grunzen der Chinchillas eingesetzt. Davon unbeeindruckt, tippte Saschura die Zahlen in das Ziffernfeld des Tresors. Einen Moment fürchtete Kata, dass der Alarm losgehen würde. Denn selbst die abergläubischsten Russen konnten unmöglich Codes verwenden, die derart leicht zu erraten waren. Doch der Alarm blieb aus. Stattdessen wechselte die Umrandung des Ziffernfeldes von Weiß auf Blau, und die Tür sprang mit einem leisen metallischen Klicken auf.

»Voilà«, sagte Saschura und öffnete den Tresor ganz, sodass Kata den Inhalt sehen konnte. Dutzende Geldbündel, sauber übereinandergestapelt, ein paar große braune Umschläge und eine halb automatische Pistole, die Saschura ergriff und auf Kata richtete.

Kapitel 51

Dimitri Walijew saß Kilian und Lisa Altmeier im Verhörraum gegenüber. Nachdem die Fahndung raus war, hatte es nur drei Stunden gedauert, bis die Wache in Chorweiler den Tipp bekam, im *Köllefornia* vorbeizuschauen. Zusammen mit drei Kumpels spielte Elenas Vater beim Eintreffen der Streife E-Dart und ließ sich widerstandslos abführen. Jetzt saß der große, bullige Mann vor den beiden und hatte die anfänglich zur Schau gestellte Coolness längst verloren. Schweißperlen bildeten sich auf seiner Stirn. Und sein rechtes Auge zuckte in unregelmäßigen Abständen. Einen kaltblütigen Killer, der mit seinem Fleischermesser Frauen ausschlachtete, hatte sich Kilian immer anders vorgestellt. In dem Moment, als er dem Verdächtigen die Tatortfotos hinüberschob, war es Kilian wieder schlecht geworden. Er kämpfte den Brechreiz nieder und sah mit Genugtuung, dass die Fotos bei dem Mann offenbar eine ganz ähnliche Reaktion auslösten. Sein zuckendes Augenlid wanderte von den Fotos zu Kilian, dann wieder zurück auf die Bilder. Unvermittelt sprang er auf, lief zum Waschbecken, das in der Ecke des Raumes hing, drehte den Wasserhahn auf und spritzte sich kaltes Wasser ins Gesicht.

»Schöne Performance, die Sie hier bieten«, sagte Lisa Altmeier ungerührt.

»Setzen Sie sich sofort wieder hin!«, herrschte sie den Verdächtigen an, der sich mit beiden Händen auf dem wackligen Plastikeimer abstützte und immer noch würgte.

»Lass ihn doch erst einmal«, raunte Kilian seiner Partnerin zu.

»Hast du etwa Mitleid mit dem Schwein?«, zischte sie leise zurück und lauter zu dem Russen: »Wird's bald!«

Dimitri Walijew schleppte sich zurück und saß mit kreidebleichem Gesicht wieder am Vernehmungstisch. Er vermied es, die Fotos anzusehen, und Kilian versuchte, den Angstgeruch zu ignorieren, der von dem Mann ausging.

»Ich frage Sie noch einmal: Was haben Sie in der Praxis der Ermordeten gemacht?«, insistierte Lisa Altmeier.

»Ich war, ich war…«, stotterte der Mann, der sichtlich mit sich rang. Kilian konnte sich vorstellen, wie es hinter der schweißnassen Stirn des Russen arbeitete. Wie er krampfhaft versuchte, eine Erklärung für seine Anwesenheit am Tatort zu finden.

»Ich habe meine Frau begleitet, die einen Termin in der Praxis hatte«, sagte er schließlich.

»Und um diese Erklärung zu finden, haben Sie fast vierzig Minuten gebraucht? Wollen Sie uns verarschen?« Lisa Altmeier beugte sich zu dem Verdächtigen vor.

»Die Beweislage ist erdrückend. Ihre DNA wurde am Tatort gefunden. Sie haben den Unterleib der Ärztin professionell zerlegt, wie es nur ein Metzger vermag. Das, was

Sie jeden Tag in der Fleischfabrik machen. Und Sie haben ein Motiv.«

»Was für Motiv? Ich habe die Frau nicht ermordet. Ich kannte sie vorher nicht einmal«, erwiderte der Mann.

»Vorher?«, fragte Kilian ruhig.

Kapitel 52

»Wer sich in Gefahr begibt, kommt darin um.« Während sie über den spärlich beleuchteten Parkplatz schlich, dachte Alba an den Spruch, mit dem sich die Taxifahrerin von ihr verabschiedet hatte. Sie fröstelte und zögerte für einen Moment. Dann erinnerte sie sich, dass die Alte dauernd solche Plattitüden von sich gegeben hatte. Eine Macke, die nichts zu bedeuten hat, beruhigte sie sich selbst. Wichtig waren allein die beiden Frauen. Alba hatte gesehen, wie sie in einem der Lagerhäuser verschwanden. Zu gerne wäre sie ihnen gefolgt, aber die Tür war sofort wieder ins Schloss geglitten, und gewaltsam würde sie sich keinen Zugang verschaffen können. Das überstieg ihre Möglichkeiten.

Verdammt. Sie war so weit gekommen. Hatte so viele Ideen für ihren neuen Krimi gesammelt. Es wäre ein Trauerspiel, wenn sie jetzt abbrechen müsste, wo es richtig spannend wurde. Was suchten die beiden dort? Würden sie jemanden treffen? Oder etwas abholen? Sie überlegte hin und her, Dutzende Möglichkeiten blitzten für Sekunden auf, wurden von ihr aber als undurchführbar wieder verworfen. Und wenn ich die Polizei rufe? Endlich ein verwertbarer Gedanke. Sie könnte mit unterdrückter Rufnummer einen Einbruch melden. Damit würde Bewegung in die Sache kommen. Gerade als Alba zu ihrem Samsung greifen wollte, sah sie, dass sich auf dem Parkplatz tatsächlich etwas bewegte. Der schwarze BMW, der lange Zeit dem Taxi gefolgt war, fuhr jetzt auf das Gelände, zusammen mit zwei weiteren dunklen Limousinen. Männer stiegen aus. Grobschlächtige Kerle, die breitbeinig gingen und einander zur Begrüßung krachend auf die Schultern schlugen. Alba musste an die Rocker der *New Demons* denken. Ihr Herz machte einen Sprung und galoppierte davon: ein Hinterhalt. Wie aufregend! Alba zählte sieben Typen, einer sah gefährlicher aus als der andere. Und die Frauen ahnten von nichts. Der Spruch der Taxifahrerin bekam für Alba plötzlich eine neue Bedeutung. Kurz entschlossen fingerte Alba in ihrem Abendtäschchen herum. Sie suchte ihr Smartphone. Konnte es aber nicht entdecken. Wo war es nur? Sie schüttete den Tascheninhalt auf den Asphalt, wühlte durch ihre Utensilien und entdeckte es endlich. Mit zitternden Fingern ging sie die gespeicherten Kontakte durch, bis sie den gesuchten fand. Sie drückte zweimal auf das Display, und der Anruf baute sich auf.

»Neumann«, meldete sich Kilian nach dem dritten Klingeln.

Kapitel 53

»Duck dich«, schrie Saschura und feuerte los.

Kata hatte sich schon vor dem Warnruf zur Seite geworfen. So verheerend sich CTE auf ihr Gehirn auswirkte – ihre Reflexe waren bisher verschont geblieben. Auf dem Boden liegend, griff sie zu ihrer eigenen Waffe, die sie zusammen mit der Reisetasche aus der Wohnung geholt hatte, und legte an. Im Türrahmen standen zwei Männer. Den ersten Typen kannte Kata nicht, aber bei dem zweiten handelte es sich um Lukas Goldmann. Eine der Kugeln, die Saschura abgefeuert hatte, musste den vorderen Mann getroffen haben, denn er ging schreiend zu Boden. Goldmann zog ihn hastig zur Seite und in Deckung. Das Chinchilla-Gekreisch war mittlerweile ohrenbetäubend. Andere Tiere, die sie in der Dunkelheit zuvor nicht gesehen hatten, stimmten in die Kakofonie ein, und gemeinsam füllten sie mühelos die Halle.

»Hilf mir!«, kommandierte Saschura.

Kata hechtete hinter den großen massiven Schreibtisch und half Saschura, ihn umzuwerfen. Als Schutzwall würde er ihnen gute Dienste leisten. Trotz des Lärms hörte Kata Goldmanns Stimme:

»Bringt die Scheißviecher zum Schweigen!«, herrschte er seine Männer an.

Für einen Moment intensivierten sich die Schreie. Käfige stürzten scheppernd zu Boden. Körper verfielen in Galopp und versuchten zu entkommen. Dann herrschte Stille. Bis Goldmann sich wieder meldete:

»Kata?«

»Was willst du?«, rief Kata zurück.

»Dass du unseren Deal einhältst. Ich habe dein Geld hier. Schick Saschura raus.«

Kata blickte zu der Russin, die sie anlächelte. Entweder war sie völlig durchgeknallt oder nicht zum ersten Mal in einer ausweglosen Situation.

»Damit dein Auftraggeber sie tötet? Nein, ich denke nicht«, rief Kata.

»Was schert es dich? Deine neue Freundin hat sich das Ganze selbst eingebrockt«, kam es von Goldmann zurück.

»Gilt das auch für die Ärztin?«, schrie Kata wütend.

»Akula ist ausgerastet, als er von der Ärztin erfahren hat. War völlig unkontrollierbar. Kein Wunder, nachdem die beiden monatelang sein Hirn weichgespült haben. Auf so einen Bühnenzauber muss man erst mal kommen«, sagte Goldmann. »Ich werfe dir die Tasche mit den vierzigtausend Euro vor die Bürotür. Wenn du sofort verschwindest, kannst du auch das Geld aus dem Tresor behalten.«

»Hältst du mich wirklich für so dumm? Als ob ich lebend aus der Halle rauskommen würde«, sagte Kata.

»Ich hege keinen Groll gegen dich. Erst durch dich haben wir überhaupt von der Ärztin erfahren. Und du hast uns netterweise von den Drohungen gegen sie erzählt. Das passte einfach perfekt.«

Kata glaubte, Stolz in Goldmanns Stimme zu hören, was sie anwiderte. Wie krank musste ein Mensch sein, um sich einer solchen Tat zu rühmen?

»Du bist doch nichts anderes als ein überbezahlter Handlanger«, spie sie Goldmann entgegen.

»Ich sehe mich eher als ordnende Kraft im Chaos der Welt. Ich habe dafür gesorgt, dass Akulas Tat wie ein Ritualmord aussieht. In den Drohschreiben der religiösen Fanatiker gab es ja genügend Handlungsanweisungen.« Goldmann kicherte. Es bereitete ihm offenbar Vergnügen, seine Machenschaften vor Publikum auszubreiten.

»Nur bei dem Priester musste ich selbst Hand anlegen. Den hätte Akula trotz allem nicht angerührt. Aber ich konnte nicht zulassen, dass alles weiter den Bach runterging. Unser gemeinsames Geschäft hat enorm gelitten, seitdem Akula nicht mehr Herr seiner Sinne ist.«

»Deshalb hast du den Priester getötet?«, fragte Kata.

»Wenn Akula weiterhin ein solches Nervenbündel gewesen wäre, hätten wir unsere Konten gleich den Albanern überschreiben können. Die Einflüsterungen des Priesters waren pures Gift. Und als besonderen Service für euch habe ich sein Ableben ein bisschen in Szene gesetzt, damit ihr euch schön im Kreis dreht«, sagte Goldmann und lachte.

»Du widerliches Dreckschwein!«, schrie Saschura.

Kata blickte zu der Russin und sah, dass sich Tränen in

ihren großen schimmernden Augen bildeten. Sie wischte sie mit dem Handrücken weg, ohne die Waffe abzulegen. Und erwiderte Katas Blick.

»Jegor ist mir mit seiner Affenliebe auf die Nerven gegangen. Aber er hat mich immer beschützt, schon als kleines Mädchen. Einen solchen Tod hat er nicht verdient«, sagte Saschura und blickte an einen Ort, den nur sie sehen konnte.

»Ihr kanntet euch schon als Kinder?«, fragte Kata, die sich über das ungleiche Paar von Anfang an gewundert hatte.

»Wir sind zusammen aufgewachsen. In der Nähe von Wladiwostok. Am stillen Pazifik. In der funkelnden Ussiribucht.«

Saschuras Stimme hatte wieder den Tonfall einer Märchenerzählerin angenommen. Für einen Moment versank sie ganz in ihren Erinnerungen. Doch dafür war jetzt weder der Ort noch die Zeit. Wenn sie hier lebend rauskommen wollten, brauchte Kata eine wache, kampfbereite Saschura.

»Und hat er immer gewusst, wer du bist?«, fragte Kata und deutete mit ihrer Walther PPK auf Saschuras Schritt.

»Ja, viele in unserem Dorf haben es gewusst oder zumindest geahnt. Manche Familien haben über Generationen Mehrlingsgeburten. Bei uns gab es schon immer zweigeschlechtliche Wesen. Die genetischen Zusammenhänge habe ich erst viel später begriffen.«

»Deine Kindheit muss die Hölle gewesen sein«, mutmaßte Kata.

»Nein, die kam danach. Als ich klein war, hat mir Babuschka Geschichten erzählt: von Menschen, die wie ich waren und in der Antike als Götter verehrt wurden. Hermaphroditos galt in einigen Kulturen als Sohn der Aphrodite, andere sahen in ihm ihre männliche Form.«

Kata blickte Saschura an.

»Trotzdem warst du bereit, dein göttliches Erbe auf dem Altar des Mammons zu opfern«, sagte sie.

Saschura lachte laut auf. Und verpasste Kata einen spielerischen Schlag auf den Arm.

»Ist nicht alles eine Frage des Preises?«, unkte sie, immer noch lachend.

»Ich habe mich stets als Frau definiert. Zuvor gab es aber nie einen Grund, an mir rumschneiden zu lassen. Ich bin perfekt, so wie ich bin.«

In diesem Moment verstand Kata, warum Jegor ihr verfallen war und Saschura fast allen, die sie kannten, als Engel galt. Von ihr ging eine Strahlkraft aus. Die Russin besaß etwas, das sich mit Begriffen wie Schönheit oder Aura nur unzureichend beschreiben ließ. Kata mochte die Frau. Ihren Kampfgeist. Ihr Außenseitertum, das ihrem eigenen glich. Sie wollte, musste ihr vertrauen. Eine andere Chance gab es nicht.

»Wir sollten uns etwas einfallen lassen, um deinen perfekten Arsch hier lebend rauszubekommen«, sagte Kata.

Kapitel 54

»Was für eine kranke Nummer«, sagte Lisa Altmeier, während sie den Dienstwagen halsbrecherisch durch das nächtliche Köln steuerte. Die Straßen waren leer, aber vor jeder Kreuzung ließ sie die Sirene kurz aufheulen, was Kilian beruhigte. Bei dem Tempo könnte ein Zusammenstoß leicht tödlich enden.

»Wenn es stimmt, was er sagt, kriegen wir ihn womöglich nur wegen Störung der Totenruhe dran. Das muss man sich mal vorstellen: dass er auf Kommando eine Frau filetiert«, ereiferte sich seine Kollegin weiter.

Kilian wünschte sich, dass Lisa Ruhe geben und sich auf die Fahrt konzentrieren würde. Er brauchte seine ganze Konzentration, um die jüngsten Ereignisse zu verarbeiten. Dass Alba Oster, die wichtigste Zeugin im Mordfall Clarissa Moor, ihn angerufen hatte, war an sich schon seltsam. Er hatte ihr vor Monaten, als die Ermittlungen liefen, seine Karte gegeben und die überspannte junge Frau längst vergessen. Nur vage erinnerte er sich an ihr seltsames Verhalten. Borderline, hatte er während der Verhöre einmal gedacht, sich aber nicht zuständig gefühlt. Sein erster Impuls war, die Anruferin abzuwimmeln, doch dann erwähnte sie Katas Namen. Von dem Moment an hörte Kilian angestrengt zu und konnte ihrem Gestammel letztlich entnehmen, in welcher Gefahr sich seine Partnerin befand. Kilian war vom Tisch aufgesprungen, hatte die Vernehmung für beendet erklärt und Kollegen zur Unterstützung angefordert.

Minuten später rasten sie, gefolgt von zwei Streifenwagen, über den Rhein in Richtung der Adresse im Pescher Gewerbegebiet, die Alba genannt hatte. Kilian betete, dass er nicht zu spät kam. Dass Kata sich gegen die zahlenmäßig überlegenen Angreifer behaupten konnte, unter denen er Goldmann vermutete. Sein Name war der einzige gewesen, den sie von Dimitri Walijew erfahren hatten.

»Ich wurde dahin beordert. Und mir wurde befohlen, sie ...«, hier schluckte der Mann, »... sie so zuzurichten.« Als ob das alles erklären würde.

Doch wer die Ärztin geschlagen und letztlich erwürgt hatte, ließ sich der Mann nicht entlocken. Seine Angst vor staatlicher Verfolgung war offensichtlich geringer als die Angst vor demjenigen, der ihn in die Praxis bestellt hatte. Als Lisa Altmeier ihm Fotos des ermordeten Priesters vorlegte, war der bullige Russe erstarrt und verstummt.

Der Wagen bremste so abrupt, dass Kilian trotz Gurt nach vorne geschleudert wurde. Sich sofort aus dessen Gefängnis zu befreien, war deshalb unmöglich.

»Da sind wir«, sagte Lisa Altmeier. »Dann werde ich die

berühmte Katharina Sismann doch noch persönlich kennenlernen. Also, falls sie noch lebt.«

Kilian fuhr zusammen, als ob Lisa ihn geohrfeigt hätte.

»Wie kannst du so etwas sagen?«, fuhr er seine Kollegin an. Und stieg wie sie aus dem Fahrzeug aus.

»Beruhige dich.«

Lisa Altmeier tat Kilians Gefühlsausbruch mit einem Schulterzucken ab.

»Da kommt jemand«, sagte sie und entsicherte ihre Dienstwaffe.

Kilian erkannte in der Gestalt, die mit fuchtelnden Armen auf sie zulief, Alba Oster.

»Das ist die Zeugin«, sagte er.

Die junge Frau hatte enge goldene Leggins an, die ihre strammen Beine betonten und auf dem Parkplatz des Gewerbeparks seltsam deplatziert wirkten. Kilian hatte den Eindruck, dass sie in Zeitlupe lief, denn sie kam nur sehr langsam voran und schleuderte ihre Füße, die in hochhackigen Pumps steckten, bei jedem Schritt nach hinten und außen. Seltsamer Laufstil, dachte Kilian. Als sie näher kam, vertiefte sich das freudige Strahlen in ihrem Gesicht. Als ob sie auf einer Party plötzlich einen alten Freund oder Lover entdeckt hätte. Kilian war durch Albas seltsame Erscheinung für einen Moment abgelenkt. Darum bemerkte er nicht, wie die Tür der Lagerhalle plötzlich aufschwang. Männer, Schreie und Schüsse drangen aus dem Inneren. Die Streifenbeamten und Lisa Altmeier gingen hinter den Fahrzeugen in Deckung, Kilian brauchte einen Augenblick länger, um die Waffe zu ziehen und sich auf die Knie fallen zu lassen. Nur Alba Oster lief weiter winkend und rufend auf Kilian zu. Drei Meter vor ihm, Alba hatte bereits die Hände ausgestreckt, ging eine Erschütterung durch ihren Körper, und sie stürzte auf den Asphalt.

Kapitel 55

»Du musst mich rausschicken«, sagte Saschura.

»Nein«, antwortete Kata.

»Hast du einen besseren Vorschlag?«

Kata hatte kurz an Molotowcocktails gedacht, die sie aus den Flaschen bauen könnten, die auf einer Anrichte neben dem Tresor standen. Vorwiegend Wodka, aber auch Whisky. Genug Hochprozentiges, um das Lagerhaus in Brand zu setzen – und die Chinchillas waren eh schon tot. Aber abgesehen von dem Haupteingang, vor dem die Männer standen, hatte Kata keine andere Tür gesehen. Die Fenster im Büro waren vergittert und als Fluchtweg nicht zu gebrauchen. Nein, sie hatte keinen besseren Plan.

»Und dann? Was machen wir dann?«, fragte sie Saschura.

»Wir arbeiten mit dem, was die Natur uns gegeben hat«, sagte Saschura und fabulierte los.

Kata lachte. Die Russin hatte längst die Grenzen dessen, was als normal galt, überschritten. Genau wie sie. Saschura stand auf, drückte Kata ihre halb automatische Pistole in die Hand und einen Kuss auf die Stirn.

»Goldmann?«, schrie Kata. »Welche Garantien habe ich, dass du mich nicht verarschst?«

»Jeder weiß, dass du für mich arbeitest. Kilian und diese neue Kollegin waren noch gestern bei mir. Die können eins und eins zusammenzählen. Nimm einfach das Geld und verschwinde.«

»Okay, dann schicke ich sie jetzt raus zu dir«, rief Kata, während sie Saschura vor sich herschob.

Hoffentlich irren wir uns nicht, dachte Kata. Sie waren überzeugt, dass Goldmann Saschura lebend bei seinem Auftraggeber würde abliefern wollen. Dass ein Leichnam Akulas Rachegelüsten nicht genügen würde. Alles hing von der Richtigkeit dieser Überlegung ab, ansonsten könnten Goldmann und seine Männer sie einfach über den Haufen schießen, sobald sie vor die Bürotür traten.

»Hier hast du sie«, sagte Kata und schubste Saschura in Richtung der Männer.

»Wo ist mein Geld?«

»Steck erst einmal die Waffe weg, Kata, wir tun dir nichts«, sagte Goldmann und hob beschwichtigend die Hände. Als Kata nicht reagierte, sicherte er demonstrativ seinen Revolver und steckte ihn zurück in den Halfter an seiner Schulter.

»Sie sollen das Gleiche machen«, befahl Kata und deutete auf die Männer.

Bis auf den Verletzten, den Saschura angeschossen hatte, standen sie alle herum und guckten verunsichert zwischen ihrem Chef und den Frauen hin und her.

»Erst du«, entgegnete Goldmann.

»Erst das verdammte Geld«, parierte Kata.

»Hier ist es.« Goldmann warf ihr die Tasche vor die Füße.

Kata zielte weiterhin mit ihrer Walther PPK auf Goldmann, während sie den Inhalt der Tasche kontrollierte.

»Alles da?«, fragte Goldmann.

Bevor Kata etwas erwidern konnte, änderte sich die Stimmung in der Lagerhalle. Die Männer verstummten und starrten. Langsam und gekonnt hatte Saschura begonnen, sich auszuziehen. Die Eleganz ihrer Bewegungen hätte besser auf die Bühnen des Broadway als in die hässliche Halle gepasst. Aber für Saschura schien das keinen Unterschied zu machen.

Sie bewegte sich mit der Routine einer Burleske-Tänzerin, die um ihre Wirkung auf andere Menschen wusste. Und tatsächlich stierten alle auf sie – selbst Goldmann und der Verletzte. Auch Kata kam nicht umhin, die Russin zu bewundern. Nie hatte sie begehrenswerter ausgesehen und zugleich geheimnisvoller gewirkt. Aber im Gegensatz zu den anderen Zuschauern kannte Kata das Ende der Show und nutzte das Überraschungsmoment: Zuerst gingen die Männer zu Boden, die ihr am nächsten standen. Wie auf dem Schießstand jagte Kata kurz hintereinander zwei Kugeln in die waffenführenden Schultern. Gellende Schmerzensschreie, russische Flüche und wüste Drohungen füllten das Lagerhaus. Kata brachte sich hinter einer der Holzkisten in Deckung und warf Saschura ihre Pistole zu. Wie eine Ballerina streckte sich ihr nackter Körper der heranfliegenden Waffe entgegen, ihre Hand fing sie sicher auf und eröffnete dann ebenfalls das Feuer.

Nur Goldmann hatte umgehend reagiert. Innerhalb von

Sekunden war er hinter den Metallregalen verschwunden. Doch seine überraschten Handlanger behinderten sich gegenseitig. Ein junger Typ, in dem Kata den Steinewerfer erkannte, den sie bei der Praxis gestellt hatte, rutschte auf einem der getöteten Chinchillas aus und landete auf dem Verletzten, der versuchte, aus dem Schussfeld zu robben. Beide schrien vor Schmerzen und boten die perfekte Zielscheibe.

»Raz, dva, tri«, sagte Saschura.

Kata sah, wie die rosige Zungenspitze der Russin über ihre Oberlippe fuhr. Als ob sie einen Genuss verspürte, den es zu verlängern galt. Sie ist noch bekloppter als ich, dachte Kata amüsiert. Der Junge, den sie noch vor wenigen Tagen übel zugerichtet hatte, wand sich vor Schmerzen. Sein Blut mischte sich mit dem der Tierkadaver, die zu Dutzenden auf dem Boden lagen.

Goldmann hatte für den kurzfristigen Einsatz offenbar nicht die Crème de la Crème seiner Leute zusammentrommeln können, sondern nur Aushilfskiller ohne Kampferfahrung. Und über die verfügte Kata genauso wie Saschura. Sollten sie lebendig aus der Lagerhalle herauskommen, wollte Kata die Russin fragen, woher ihre Fertigkeiten stammten. Von der Armee? Das stellte sich Kata angesichts des zusätzlichen Extras zwischen Saschuras Beinen schwierig vor. Geheimdienst? Der hätte sicherlich Verwendung für sie. Aber warum war sie dann als Literaturübersetzerin in Köln aufgetaucht, wo sie backenden Spätaussiedlerinnen vorlas? Bis sie Antworten bekam, würde Kata sich gedulden müssen. Erst einmal mussten sie überleben; Goldmann und seine Truppe in die Flucht schlagen.

»Ich habe Kilian informiert«, schrie Kata in die plötzlich stille Lagerhalle. »Er wird jeden Augenblick hier sein.«

Kata überlegte, ob sie der Lüge einen echten Anruf folgen lassen sollte. Aber dann würde sie in endlosen Verhören feststecken. Keine Chance, zeitnah nach Boston zu kommen. Jetzt, wo sie das Geld für die Behandlung hatte, durfte sie nichts mehr aufhalten. Wieder normal denken zu können, Herrin ihrer Erinnerungen zu sein und etwas anderes als Angst und Wut zu empfinden – Kata merkte, wie die Aussicht sie beflügelte. Wie sie Hoffnung schöpfte und Kräfte frei wurden, die sie schon verloren glaubte. Suchend blickte sich Kata um. Ihr Blick blieb an den Heuhaufen hängen, die auf dem Boden vor den umgestürzten Tierkäfigen lagen. Wasser, Urin und Blut hatten sie eingenässt. Der muffige Geruch löste bei Kata Erinnerungen aus: An einen Fall, bei dem das Kommissariat wegen Mordes ermittelt hatte, letztlich aber klar wurde, dass sich das feuchte Heu in der Scheune selbst entzündet hatte und so zur Todesfalle wurde.

Der Rauch breitete sich in der Lagerhalle aus. Waberte als dichter Nebel zwischen den Regalen hindurch und hüllte die Männer ein. Erst nahm er ihnen die Sicht, dann die Luft. Ein schriller Feueralarm setzte ein, und Dutzende Sprinkler sprangen an. Hustend irrten die Männer durch die Gänge. Stolperten über Käfige und rissen im Fallen Kartons aus den Regalen. Wie Kata gehofft hatte, täuschte die intensive Rauchentwicklung ein bedrohliches Feuer vor. Tatsächlich waren es nur kleinere Brandherde, deren Rauchwolken Kata und Saschura mithilfe ihrer Kleidung in Richtung der Männer wedelten.

»Bleibt hier, ihr Feiglinge«, schrie Goldmann seinen Handlangern wütend hinterher. Doch die waren auf der Flucht. Die Unverletzten voran. Sie drängten und schubsten die Verwundeten zur Seite. Fügten ihnen neue Wunden und Schmerzen zu. Jeder kämpfte in dem Chaos für sich allein. Weg von dem Rauch, den Flammen und Schreien. Sich zurückziehend, feuerte Goldmann in den Qualm. Verfehlte die Frauen aber und lief stattdessen Kilian und seinen Kollegen in die Arme. Das Heulen des Feueralarms in den Ohren und den schmerzhaften Rauch in den Augen, hatten seine Männer jede Übersicht verloren und wahllos um sich geschossen, als sie auf dem Parkplatz unverhofft neuen Gegnern gegenüberstanden. Ein Querschläger traf Alba Oster, die vor Kilians Füßen zusammenbrach und mit einem Lächeln auf den Lippen starb.

Kapitel 56

»Du kannst nicht einfach abhauen. Wir brauchen deine Aussage«, beharrte Kilian und legte Kata die Hand auf den Arm.

»Du hast Saschura, Goldmann und das, was von den Russen übrig ist«, entgegnete Kata, während sie vorsichtig Kilians Hand löste.

»Mit Alba Oster und dem Jungen gibt es zwei weitere Tote. Dazu vier Schwerverletzte, die auf dem Weg ins Krankenhaus sind. Ich muss dir nicht sagen, was das für einen Staub aufwirbeln wird. Derisoire wird verlangen, dass du aussagst.«

»Dann sag ihm, dass du mich nicht aufhalten konntest.«

»Sehr glaubwürdig«, sagte Kilian.

»Ich kann dir eine reinschlagen, das macht es glaubwürdiger«, bot Kata freundlich an. »Jedenfalls werde ich jetzt gehen, Kilian, und du weißt, dass du mich nicht stoppen kannst. Ich muss nach Boston.«

Kata beugte sich vor, drückte Kilian kurz an sich, nickte

Saschura, die, in eine glitzernde Rettungsdecke gehüllt, auf der Rampe eines Krankenwagens saß, zu und ging über den Parkplatz davon.

Epilog

Die Maschine aus Amsterdam war in Boston gelandet. Kata drängte als eine der Ersten aus dem Flieger und blickte sich nach der Sicherheitskontrolle suchend in der Ankunftshalle um. Die Klinik hatte angekündigt, dass eine Mitarbeiterin sie abholen würde. Doch unter den Familien mit schreienden Kindern, grau gewandeten Businessreisenden und professionellen Fahrern konnte Kata niemanden entdecken, der ihretwegen gekommen war. Erst als eine Gruppe schwarz verschleierter Nonnen zur Seite trat, sah sie eine junge, schlaksige Frau, die ein handgeschriebenes Schild hochhielt:

Mrs KATHA SIS MANN

Fast sechstausend Kilometer entfernt saß Kilian in einem sterilen Hotelzimmer. Der Fernseher lief lautlos, und in der Minibar sprang die Kühlung an. Biggi hatte die Scheidung eingereicht und verhindert, dass er die Kinder sah. Nach der Aussage von Lisa Altmeier, die von den Streifenbeamten gestützt wurde, war Derisoire nichts anderes übrig geblieben, als Kilian zu suspendieren. Er machte sich keine Illusionen – am Ende der internen Untersuchung würde seine Entlassung aus dem Beamtenverhältnis stehen. Kilian nahm seine Dienstwaffe. Setzte an und drückte ab.